照れ降れ長屋風聞帖【十】

散り牡丹

坂岡真

双葉文庫

目次

おびんずる

一

おびんずるさまの仰《おつしや》るとおりにすれば、娘のおひろの病《やまい》はきっと治る。

おくにはそう信じ、清水《きよみず》の舞台から飛びおりる心持ちで、三両という大枚《たいまい》を献じた。

「お針子《はりこ》の内職で生計《たつき》を立てるおくにさんに、三両なんて大金はとてもとても」

おまつは大袈裟《おおげさ》に手を振り、すっと顔を近づけてくる。

「借りたんだよ。浪人金《ろうにんがね》をね」

「浪人金」

浅間三左衛門《あさまさんざえもん》が聞き返すと、肌理《きめ》の細かい肌が自慢の恋女房は頷《うなず》いた。

「詳しいことは知らないけど、玄治店《げんやだな》の近くにあるらしいよ。玄治店っていえば、わけありの女たちの住むところさ。そいつを当てこんで、何とかって浪人者が金貸しをはじめたんだよ」

貧乏人が金を借りる先は小口で短期なものばかり、幕府公認の金貸しは四つしかない。

ひとつ目は座頭金《ざとうがね》、ふたつ目は後家金《ごけがね》、三つ目は寺金《てらがね》、そして四つ目が浪人金である。いずれも目玉が飛びでるほどの高金利、取りたても厳しいことで知られていた。

「おくにさん、わたしと同い年でねえ、あんなに細いからだで気丈にもがんばっている。無理に笑顔をつくって、ご近所に明るく振るまってみせている。そんな様子を眺めていると、放っておけなくてねえ。大きい声じゃ言えないけど、あの母娘《おやこ》は半年前まで鳥追《とりお》いをしていたそうだよ」

「鳥追い」

「そうさ。川柳《せんりゅう》にもあるだろう。鳥追いの笠紐《かさひも》太き咽喉《のど》の疵《きず》、ってね。おくにさんの咽喉にも、刃物の古い疵痕があってねえ、心中のしそこないだって、あたしゃ聞いたよ」

ずっと以前のはなしだが、おくには深川界隈《ふかがわかいわい》では名の知れた芸妓《げいぎ》だった。噂によれば、心中相手はさる雄藩《ゆうはん》の生真面目《きまじめ》な勤番侍《きんばんざむらい》であったという。

「十五年もまえのはなしさ。なにせ、おくにさんのお腹には、おひろちゃんがいたんだからねえ」

心中相手は死に、おくには命を拾った。助かったあとに、亡くなった侍の子を身籠《みご》もっていることに気づき、子を産んで育てる決意をしたのだ。

「手塩にかけて育てた娘は、何とか一人前に育ってくれた。と、おもっていたやさき、おひろちゃんは胸を患《わずら》っちまってねえ。鳥追いの門付《かどづけ》もできなくなり、おくにさんは命のつぎにたいせつな三味線《しゃみせん》を売って、この長屋に腰を落ちつけたんだよ。おひろちゃん、このところは寝たきりのようだけど、おまえさんも目にしたことはおありだろう」

言われてみれば、井戸端で幽霊のように佇《たたず》む娘をみたことがあった。

「気鬱《きうつ》の病だから水垢離《みずごり》がいちばんだって、大家さんに教わったらしい。でも、寒空のしたで水を浴びた途端に寝込んじまってねえ、今じゃ、げっそり頰は瘦《こ》け、どす黒い肌になっちまった。とても、十五の娘にゃみえない。できることなら自分が替わってやりたいって、おくにさんは嘆いていたよ」

母は娘のからだを治したい一心で加持祈禱《かじきとう》なども頼み、金銭の許すかぎり、医者にもみせてきた。だが、如何《いかん》せん、爪に火を点《とも》さねばならぬほどの貧乏暮らし、薬を買うどころか、飯も満足に食べさせてやれない。おまつも気を遣って食べ物のお裾分《すそわ》けなどをしていたが、隣近所の親切にもかぎりがある。

「頼る者もいなくなり、とどのつまり、おびんずるのもとに走るしかなかったのさ」

「そいつは何者だ」

本名は月山梅仙《つきやまばいせん》、青山久保町《あおやまくぼちょう》に住む陰陽師《おんみようじ》らしい。おまつの聞いたところでは、白頭長眉《はくとうちょうび》にしてふくよかな風貌《ふうぼう》が十六羅漢筆頭《じゅうろくらかんひっとう》のびんずる尊者《そんじゃ》によく似ているとのことだった。

びんずる尊者は撫仏《なでぼとけ》でも知られるとおり、効験《こうけん》あらたかな仏の使いである。寺社本堂の濡《ぬ》れ縁《えん》などに木像が置かれ、病人が患っているのと同じ箇所を撫でると治癒《ちゆ》するものと信じられていた。

梅仙が「おびんずるさま」と敬《うやま》われる理由はしかし、ありがたげな風貌だけでなく、摩訶不思議《まかふしぎ》な力に拠《よ》るところもあった。患った者に触れただけで、難病奇病がぴたりと治るというのだ。

「眉唾物《まゆつばもの》のはなしさ。でもね、おくにさんは藁《わら》にも縋《すが》るおもいだったにちがいない。騙《だま》されにゆくようなものだとはおもうけれど、こればかりは当人の身になってみなけりゃわからないさ。おくにさんを責められる者なぞ、長屋には誰ひとりいやしないよ」

「それで、おひろは治ったのか」

「不老水《ふろうすい》とかいう不思議な水を呑まされてから、少しばかり塩梅《あんばい》がよくなったらしい」

「不老水」

「なにせ、三両の水だからね。御利益《ごりやく》がなければやってられないよ」

喜んだのもつかのま、借りた三両の利子を早く払えと、おくには債鬼《さいき》にすごまれた。

「何でも、明後日《あさって》の暮れ六つまでに工面《くめん》できないようなら、岡場所へ売っぱらわれちまうんだとか」

「母親が売られたら、おひろはどうなる」

「そりゃ、いざとなりゃ、長屋のみんなで面倒をみてやるしかないけど、おっかさんを苦界《くがい》に売られた病気の娘が、この世知辛《せちがら》い世の中を渡ってゆけるかどうか」

まず、無理であろう。

「おまえさんに喋《しゃべ》ったところで何の足しにもならないけど、喋らないではいられなかったのさ」

「どうする、おまつ」

「借金を穴埋めできないものかとおもってねえ、大家さんに談判してみるつもりさ」

長屋の連中で持ちよった頼母子講《たのもしこう》の積立金を使ってはどうかと、もちかける腹でいるらしい。

「けちな大家のことだ、うんとは言うまい」

「やってみるっきゃないよ」

金の工面がだめなら、高利貸しの浪人者と交渉してみるほかはないねと、おまつは溜息を吐《つ》く。

白い息が冷たそうで、昼餉《ひるげ》に食べた雑煮が恋しくなってきた。

「万が一のときは、おまえさん、顔を出しておくれ」

「わしがか」

「御免蒙《ごめんこうむ》りたいって顔だね」

哀れな母娘には同情する。だが、今さら、借りてしまったものをどうにかできるものでもない。母親にも覚悟はあったはずだ。そうでなければ、返せるあてもない金を借りようとはすまい。

「情け知らずだねえ、おまえさんも」

口では文句を吐きながらも、おまつにもちゃんとわかっている。

たしかに、弱い者が身を寄せあい、助けあうのが長屋の良いところだ。が、何とかしてやりたくても、他人にできることはかぎられている。弱い者は淘汰《とうた》されてゆくしかないという厳しい現実も、一方にはあった。

「うま、うま」

おきちが両手両膝を巧みに使い、母親のもとへ這《は》ってきた。

「よしよし、お乳が欲しいのかえ」

おまつは我が子を腕に抱え、器用に乳首をくわえさせる。

おきちは目を瞑《つむ》り、ちゅうちゅう音をたてはじめた。

ここにはいつも、小さな幸せがある。

おきちは、三左衛門が四十三で授かった娘だ。

梅雨《つゆ》時の大水で江戸の町が水に浸かったとき、身重のおまつは汁粉屋《しるこや》の屋根のうえに取りのこされた。危機一髪《ききいっぱつ》のところを救ってくれたのは、三左衛門が命を助けてやった大店《おおだな》の若旦那だった。若旦那に嫁いだ娘はじつは、おきちを取りあげてくれた産婆《さんば》の孫娘にほかならず、赤ん坊の運命は糸車のように繫《つな》がっていた。

おきちは、若旦那がしたてた大きな屋形船のなかで産声《うぶごえ》をあげた。

娘が生まれてくれたおかげで、夫婦の絆《きずな》はいっそう深まった。

おもえば今から七年半前、三左衛門は上州富岡《じょうしゅうとみおか》の故郷を捨て、江戸へ出てきた。

上州一円に名を知られた富田流《とだりゅう》小太刀《こだち》の達人にして、七日市藩《なのかいちはん》の馬廻り役まで務めた男だ。それが名声も身分も捨てねばならなかったのは、役目上のこととはいえ、朋輩《ほうばい》を斬ったからであった。

生きることに自信を失いかけていたとき、三左衛門はおまつと知りあった。

そのとき、おまつは出戻りのこぶつきだった。そもそもは、日本橋《にほんばし》呉服町《ごふくちょう》にあった大きな糸屋の娘。いちどは紺屋《こうや》に嫁いだものの、浮気者の亭主に懲《こ》りて三行半《みくだりはん》を書かせ、娘のおすずを連れて実家に戻っていた。ところが、ほどなくして実家は蔵荒らしに遭《あ》い、双親《ふたおや》は心労で亡くなった。

絵に描いたような不幸に見舞われながらも、おまつは生来の明るさを失わなかった。亡くなった親の伝手《つて》をたどり、仲人《なこうど》商売の十分一屋《じゅうぶいちや》をはじめ、自分なりに工夫しながら信用を築いてきた。

三左衛門は、逞《たくま》しく生きる女のすがたに打たれたのだ。

「菩薩《ぼさつ》だな」

娘に乳を吸わせる母親の横顔を眺め、おもわずつぶやいてみる。

おまつとめぐりあえた幸運を、神仏に感謝せずにはいられない。

やわらかな午後の光が、九尺二間《くしゃくにけん》の粗末な部屋に射しこんでいた。

十一になったおすずも、そろそろ帰ってくるころだ。

去年の暮れから、日本橋の呉服屋で女中奉公の見習いをはじめた。主人夫婦はおまつが糸屋の箱入り娘だったころからの知りあいで、気心は通じている。丁稚《でっち》小僧のような住みこみではないので、おすずも淋しくはあるまい。むしろ、大人たちのなかで一人前に働くことの楽しさを味わっているようだ。

「おまえさん、明日は門松を抜き忘れないようにね」

おまつに念を押され、三左衛門は開け放たれた戸口に目をむけた。

貧乏長屋でも、各戸口の入口に門松くらいは立ててある。松の内が過ぎれば松を抜き、抜いた跡に梢《こずえ》を折りさしておかねばならない。そして十五日の夜、河原にて長屋総出で左義長《さぎちょう》がおこなわれる際、門松や注連縄《しめなわ》などの正月飾りはまとめて焚《た》き上げることになっていた。

「雑司《ぞうし》ヶ谷《がや》の鬼子母神《きしもじん》にも行かなくっちゃね」

哀れな母娘のことを、いっときでも忘れてしまいたいのか、おまつは明後日の予定を口にする。乳やりは疾《と》うに済ませ、勝手のほうに立っていた。

――とんとん、とんとん。

耳に聞こえてくるのは、俎《まないた》を包丁《ほうちょう》で叩く小気味好い音だ。

「唐土《とうど》の鳥が日本の土地へ、渡らぬさきに七草なずな……」

おまつは薺《なずな》を細かく刻み、包丁を囃子《はやし》がわりにしつつ、陽気に謡《うた》いだす。

――とんとん、とんとんとん。

耳を澄ませば、照降長屋のそこらじゅうから、七草叩きの音色《ねいろ》が響きはじめた。

二

翌朝、三左衛門たちは七草粥《がゆ》を食べ、薺入りの水に伸びた爪を浸してから、爪の切り初《ぞ》めをやった。

この七草爪という習慣は江戸にかぎらず、日本全国いたるところにあり、災厄《さいやく》を祓《はら》う縁起担《えんぎかつ》ぎのひとつとして知られている。松がとれると唐土《もろこし》から、うぶめという人の魂《たましい》を奪う怪鳥が飛来する。うぶめは人の爪を好んで食べるため、あらかじめ爪を切って災厄を逃れようとするのだ。

うぶめは恐ろしい鳥で、神隠しの天狗《てんぐ》や疱瘡神《ほうそうがみ》などとも同列に語られる。遠いところから災厄を運んでくる空想の産物だが、うつつの世にも似かよったものはいる。貧乏人にとってみれば、さしずめ、債鬼がこれに当たるかもしれない。

おまつは可哀相《かわいそう》な母娘の借金を肩代わりさせようと、大家の弥兵衛《やへえ》に掛けあってはみたものの、案の定、良い返事は得られなかった。粘っても埒《らち》があかず、後ろ髪を引かれるおもいで稼ぎに出ていった。

なにせ、おまつは一家の大黒柱《だいこくばしら》、早朝から「仲人は草鞋千足《わらじせんぞく》」を合言葉に、客廻りをしている。文政《ぶんせい》八年（一八二五）の松もとれたが、行く先々で一杯呑まされ、陽が落ちてから微酔《ほろよ》い加減で帰ってくる毎日であった。

おすずも呉服屋奉公で留守にしており、三左衛門はおきちの面倒をみながら、蠟燭《ろうそく》の絵付けに精を出していた。

昨年知りあった会津藩《あいづはん》の藪本源右衛門《やぶもとげんえもん》から紹介してもらった内職だ。楊枝削《ようじけず》りや傘張《かさは》りよりも、格段に手間賃が良い。

そもそも、絵を描くことは嫌いではなかった。扇《おうぎ》に描かれた下絵などは見事なもので、仲買いのあいだでも好評を博していた。

けれども、紙ではなく蠟燭に描くとなると、また別の技術が必要になってくる。

会津の絵蠟燭と言えば知らぬ者とておらぬほどの特産品、季節に応じて牡丹《ぼたん》や躑躅《つつじ》や花菖蒲《はなしょうぶ》、百合《ゆり》や菊《きく》といったように、色とりどりの花を描きわけねばならない。そこが難しいながらも、楽しいところだった。

作ればいくらでも売れるので、江戸に住まう会津藩士の内職にもなっている。

三左衛門はその恩恵に与り、ひと月でへそくりを一分《いちぶ》も貯めることができた。

「源右衛門様々だな」

おきちは、蠟燭を面白がって舐《な》める。このごろは何でも口に入れねば気が済まない。ちょっと目を離した隙に蠟燭を食べていたりするので、気をつけねばならなかった。

正午近くになり、おきちはぴいぴい泣きだした。

「乳だな」

数軒先にある下駄屋《げたや》のおかみさんか、表店で傘屋《かさや》を営むおかみさんのもとへ、いつも乳を貰いにゆく。

三左衛門はおきちを抱き、外に出た。

家々の軒先から門松が消えたせいか、何やら殺風景な感じがする。

下駄屋のほうは留守だったので、表通りに面した傘屋を訪ねてみた。

「こんにちは」

子だくさんのおかみさんは名をおよりといい、年はまだ二十歳《はたち》そこそこと若く、乳もよく出る。

「ごめん、お乳を所望したい」

玄関先でぺこりと頭をさげると、およりはにっこり笑っておきちを受けとった。

手馴れたものだ。おきちのほうも、乳を吸うまえに泣きやんでいる。

「どうか、お気を遣わずに。おまつさんには、いつもお世話になっているんですから」

「はあ」

「ほうら、こんなにお乳も張っちまって。さあ、おきっちゃん、たんとお呑み」

三左衛門は乳房から目を離し、上がり端《はな》に座ってしばらく待った。

おきちは乳を呑みおえると、眠りに就《つ》いた。

「毎度ながら、助かり申した。これを」

三左衛門は絵蠟燭を二本床に置き、そそくさと傘屋を後にした。

空はのどかに晴れている。

じつに爽《さわ》やかな風が吹いていた。

木戸をくぐると、軒先に南天《なんてん》の実を飾った家があった。

近づいてみれば、閉めきられた障子越しに、饐《す》えた臭いがただよってくる。

「まったく、辛気臭《しんきくさ》いったらありゃしない」

皮肉屋の洗濯女が捨《す》て台詞《ぜりふ》を残し、後ろを通りすぎていった。

油障子の向こうでは、寝たきりの娘が苦しんでいる。母親は針子の内職をしながら、昼夜の別なく看病しているはずだ。

「ごめんね、ごめんね、おっかさん……」

　障子に耳を当てれば、娘のかぼそい泣き声が漏れ聞こえてくる。

　その声を聞かぬように、たいていの者は背を向けるのだが、三左衛門は金縛《かなしば》りにあったように動けなくなった。

　腰高の障子戸が開き、襷掛《たすきが》けの母親が顔を出す。

　すっかり窶《やつ》れたその顔は、みる者の同情を誘った。

「おくにさんかね」

　うっかり、名を呼んでしまう。

「何か、ご用でしょうか」

　不審げな顔で問われ、三左衛門はぎこちなく笑った。

　腕におきちを抱いていなければ、それこそ、債鬼とまちがわれたことだろう。

「あら」

　おくにはおきちをみつけ、ぱっと顔を輝かせた。

「その子、おまつさんのところの」

「さよう。わしは女房の尻に敷かれた甲斐性《かいしょう》なし、ご覧のとおりの子守り侍でござる。この子は名をきちと申してな、屋形船のなかで産声をあげた運の強い子です」

「まあ、吉を運んでくれるのですね。あの……少しだけ、抱っこしてもよろしいですか」

「どうぞどうぞ」

おくには、すやすや眠るおきちを腕に抱き、小さな声であやしはじめた。

「よしよし。そう、お父上に抱っこしてもらって、よかったねえ……」

嬉しそうな顔が徐々に曇り、おくにの両目に涙が溢《あふ》れてきた。

「……おばちゃんにも娘があるんだよ。でもね、病ですっかり元気をなくしちまって……ごめんなさい、あなたに喋っても仕方のないことだね」

おくには洟水《はなみず》を啜《すす》り、おきちをそっとこちらに戻す。

「どうも、ありがとうございました。何だか、吉のお裾分けをしていただいたみたいで、元気が湧いてきました」

「それはよかった。では、また寄せてもらおうかな」

「え、よろしいのですか」

「構わぬさ。同じ長屋に住んでおるのだし、遠慮はいらぬ」

「ありがとうございます」

「ふむ、さればまた」

三左衛門は去りかけ、何をおもったか、踵《きびす》を返す。

おきちを左手に抱え、垢《あか》じみた右袖《みぎそで》をまさぐった。

「これを」

おくにのそばに身を寄せ、一分金を握らせてやる。

「あの、どうして」

「気にせんでいい。吉のお裾分けだ」

「困ります、こんなことをしてもらっては」

三左衛門は、逃げるようにその場を離れた。

恵んだのではない。吉を分けてやったのだ。

みずからに言い聞かせ、急ぎ足で離れてゆく。

おくにはお辞儀をしたまま、顔をあげられない。

もはや、頼る者とておらず、神仏にも見放された。生きることにほとほと疲れきっていたやさき、近所に住む子守り侍が前触れもなくあらわれた。

おもいがけない他人の親切が、身に沁《し》みたのであろう。

おくには泣きながら両手を合わせ、いつまでもその場に佇んでいた。

三

翌八日、雑司ヶ谷の鬼子母神にて初参りを済ませ、土産《みやげ》に縁起物のすすきみみずくを買って帰ってきた。

夕暮れ、木戸をくぐったそばから、娘の悲鳴が聞こえてきた。

「ひゃああ、やめて……おっかさん、おっかさん」

「あの声は」

おまつはおきちを三左衛門に預け、正面だけを向いて駆けだした。

おすずが網代格子《あじろごうし》の袖を振り、母の背中を追ってゆく。

長屋の一画に人垣ができており、強面《こわもて》のごろつきに女が髷《まげ》を引っぱられていた。

おくにだった。

娘のおひろは母の纏《まと》う着物の裾に縋り、地べたのうえを引きずられている。

長屋の連中は遠巻きに眺めているだけで、口出しも手出しもできない。

みやれば、ごろつきの背後に、大小を腰に差した浪人者が控えていた。

顴骨《かんこつ》の張った背の高い男で、鷹《たか》のような鋭い眼光をしている。

まちがいなく、三両を貸した浪人者であろう。

床几《しょうぎ》に座し、尋常ならざる殺気を放っていた。

刃向かおうとする無謀な者もいない。

唯一《ゆいいつ》、おまつだけは躊躇《ちゅうちょ》しなかった。

人垣の前面に躍りだすや、

「こら、おやめ」

ごろつきを一喝《いっかつ》する。

堂々たる体格だけに迫力がある。

しかし、無謀というものだろう。

三左衛門は人垣のなかで、空唾《からつば》を呑みこんだ。

おすずが身を寄せ、ぎゅっと手を握ってくる。

「何だと、このあま」

ごろつきは眸子《まなこ》を剝《む》いた。

髭面《ひげづら》の悪相だ。袖を捲《まく》り、猪《いのしし》のように荒い鼻息を吐いてみせる。

「よう、嬶《かか》ァ、余計な口出しはしねえほうが身のためだぜ」

「ふん、これが黙って見過ごせるかってんだ」

「ほう、威勢だけはいいな。名は」

「まつだよ」

「てめえ、何さまだ」

「十分一屋さ。あいにく、この長屋の住人でね、ご近所さんの災難を見過ごすわけにはいかないんだよ」

「こうされるにゃ、されるだけの事情《わけ》がある。おくにはな、こちらの辻伊織之介《つじいおりのすけ》さまから金を借りたんだぜ。そいつを期限までに返せねえとなりゃ、身を売るしかねえだろうが。人さまに借りたもんは返さなくちゃならねえ。そいつは世の中の常だぜ、ふん、文句があんなら言ってみな」

「偉そうに、間抜け面で四の五の抜かすんじゃないよ」

「あんだと」

「あんたら、血も涙もないのかい。十五の娘は患っているんだよ、可哀相じゃないか」

「ふん、娘だと」

ごろつきではなく、辻伊織之介が低い声を発した。

やおら立ちあがり、数歩すすむや、おひろの肩を蹴りつける。

「この死に損ないめ」

「何すんだよ」

おまつが駆けよると、辻はしゃっと白刃を抜いた。

「うっ」

おまつは固まり、人垣の連中は固唾《かたず》を呑む。

すかさず、おくにが地べたに這いつくばった。

「どうか、ご勘弁を……どうか、これで」

差しだされた指の先に、光るものがみえた。

「けっ、一分金かよ」

髭面のごろつきが唾を吐き、さっと掠《かす》めとる。

「これじゃ、屁《へ》の突っ張りにもならねえぜ」

と言いつつも、袖に入れた。

「ちっ」

三左衛門は舌打ちをした。

あれはきっと、へそくりの一分金だ。

下駄屋の嬶ァが近づき、漬物臭い息を吹きかけてきた。

「子守りの旦那、そろそろ助けてやったらどうなんだい。女房があれだけ、がんばっているんだよ」

言われなくとも、わかっている。

下駄屋の嬶ァにおきちを預け、三左衛門は人垣を掻《か》きわけた。

「いよっ、豪傑《ごうけつ》、正義の味方」

おすずに煽《あお》られ、人垣からも声があがった。

「真打ちの登場だ。それ、やっちまえ」

三左衛門は頭を掻きながら歩みより、おまつを背に匿《かくま》った。

辻は白刃を車《しゃ》に落としたまま、じっとこちらを睨んでいる。

おくには目を伏せ、おひろは地べたに俯《うつぶ》したままだ。

「おまつ、退《さ》がっておれ」

「あいよ」

三左衛門は辻に対峙《たいじ》し、顎《あご》をぞりっと撫であげた。

「弱い者いじめはいかんな」

「おぬし、その女の亭主《ていし》か」

「そうだよ」

「女房の尻に敷かれ、鯣《するめ》になったような顔だな」

「鯣か、そいつは傑作だ。そんなことより、おまえさん、返せぬと承知していながら、金を貸したのではないのか。だとしたら、侍の風上にもおけぬ下司《げす》だな」

「何だと」

辻は眸子を逆吊らせ、ずいっと一歩踏みだした。

「はやまるな」

三左衛門は手のひらを翳《かざ》す。

「ここで人を斬ったら、人殺しの汚名を着ることになるぞ。あげくのはては土壇《どだん》行きだ。まずは、刀をおさめろ」

「貧乏長屋の痩せ犬一匹斬ったところで、土壇行きにはならぬさ。縄を打たれることもあるまい。ふふ、なぜだかわかるか……おい、茂平《もへい》」

「へい」

呼ばれたのは、一分金を掠めとった髭面の男だ。

懐中から、おもむろに素十手を引きぬいてみせる。

長屋の連中はどよめいた。

「そやつは不動《ふどう》の茂平といってな、青山の岡っ引きさ。ふっ、残念だったな」

三左衛門は、いっこうに怯《ひる》まない。

かえって、腹が据わった。

「山狗《やまいぬ》が岡っ引きの悪党《わる》とつるんで小金を貸しつけ、弱い者を鴨《かも》にしているという筋書きか。許せぬな」

「懲りぬやつめ、おぬし、女房子供の面前で死にたいのか」

辻が青眼《せいがん》に構えなおした途端、人垣はわっとひろがった。

長屋の連中は、三左衛門の強さを知らない。

おまつでさえも、剣の実力を疑っていた。

口で相手を負かすことができなければ、ずんばらりんと斬られるしかない。

ほとんどの者はそう察し、及び腰になっている。

三左衛門も、人前でやたらに恰好つけたくはなかった。

無駄なこととは知りつつも、もういちど説得を試みる。

「刀をおさめよ。松明け早々、血をみることになるぞ」

「たいした自信だな。少しはやるのか」

「それほどでもない」

「ためしてやろう」

辻は慎重に身構え、爪先で躙《にじ》りよってくる。

横合いから、おすずが声を掛けた。

「うちのおとっつぁんは強いよ。なにせ、公方《くぼう》さまの御指南役《ごしなんやく》をつとめたほどだからね。おまえなんかの敵《かな》う相手じゃないよ」

「ふん、みえすいた嘘を吐きおって」

辻は青眼から八相《はっそう》に本身を持ちあげ、短く息を吸いこんだ。

「ひょう」

と気合いを発し、踏みこんでくる。

三左衛門は抜きもせず、つっと身を寄せた。

――びゅん。

刃音とともに、袈裟懸けがくる。

これを鬢《びん》の際で躱《かわ》し、三左衛門は反転した。

間髪《かんはつ》を容《い》れず、懐中に飛びこむ。

「うっ」

辻の鳩尾《みぞおち》に拳《こぶし》を当てた。

あまりに素早く、傍《はた》でみていても気づかない。

辻は声を失い、倒れる寸前で踏みとどまっている。

刀の柄《つか》を握ったままだが、手に力がはいらない。

三左衛門は小太刀を抜いた。

伝家の宝刀、越前康継《えちぜんやすつぐ》の手になる葵下坂《あおいしもさか》だ。

くるっと峰に返し、辻の手首を撫でてやる。

「うぬっ」

屈辱に顔を歪《ゆが》める債鬼の耳もとで囁《ささや》いた。

「去《い》ね。さもなければ、小手《こて》を落とす」

「……わ、わかった」

辻が苦しそうに頷いた。

三左衛門は身を離し、茂平に顎をしゃくる。

「こちらの旦那は気が変わった。今から帰るそうだから、手を貸してやれ」

「あんだと、この」

茂平はすごんでみせたが、三左衛門の強さに感づいている。

腹を抱えて苦しがる辻に手を貸し、捨て台詞を吐いた。

「瘦せ犬め、おぼえてやがれ。邪魔《じゃま》だ、どけ」

左右に分かれた人垣を抜け、木戸の向こうに去ってゆく。

「うは、やった、やった」

おすずが手を叩き、遅ればせながら、やんやの喝采《かっさい》がわきおこった。

「おまえさん、どんなからくりを使ったんだい」

おまつが、誇らしげに聞いてくる。

一方、おくには地べたに額《ぬか》ずき、顔もあげられない。

「終わったんだよ、おくにさん」

おまつに肩を抱かれ、おくにはようやく起きあがった。

娘のおひろも長屋の連中に助けおこされ、部屋に連れていかれた。

「何とか助かったね」

と、漏らしつつも、おまつの表情は冴《さ》えない。

今日は切りぬけられたが、明日はどうなるかわからないからだ。

「十手持ちが関わっているとはねえ」

ここはやはり、頼母子講の積立金を使ってでも借金を肩代わりするしかない。

が、おまつは渋い顔をしてみせる。

「じつは、元本三両の借金がね、十倍に膨《ふく》らんじまっているんだよ」

これが世に言う地獄金、いちど借りたら容易なことでは返せない。誰もが口には出さぬが、もはや、哀れな母娘には首を縊《くく》って地獄へ堕《お》ちる道しか残されていないようだ。

万策尽きたやにおもわれたとき、思いがけないところから救いの手が差しのべられた。

おびんずるである。

「なに」

四

翌朝、粘りのある納豆《なっとう》売《う》りの売り声が露地裏に響いているころ、長屋の木戸をくぐって見越入道《みこしにゅうどう》のごとき大男がのっそりあらわれた。

禿頭《はげあたま》の先端は尖《とが》り、白い眉は八の字に垂れさがっている。背丈は六尺を優に超え、横幅もあった。年を食っているのか、そうでもないのか、はっきりとしない。いずれにしろ、それが「おびんずるさま」と呼ばれる陰陽師であることは、誰の目にもあきらかだった。

好奇心の強い洟垂《はなた》れどもはそばに近づき、恐々《こわごわ》ながら黒衣の裾に触ったりしている。

提灯持《ちょうちんも》ちとおぼしき小男がこれを追っぱらい、威勢良く口上を述べはじめた。

「さあ、さあ、皆の衆、遠慮はいらぬ、近《ちこ》う、近う。もそっと、近う寄りなされ。こちらはかの有名な月山梅仙さま、ただ今評判の生き仏さまじゃ。みだりに触れてはならぬが、祈りを込めて触れれば、必ずや御利益はござろうというもの。さあ、さあ、触れたい者は近う、近う」

房楊枝をくわえた親父や朝餉《あさげ》の支度に忙しい嬶ァたち、寝惚《ねぼ》け眸子の爺《じい》さん婆《ばあ》さんまでが家を飛びだし、口上に耳をかたむける。

三左衛門とおまつの眼差しも、おびんずるの巨体に注がれた。

「あれじゃ、見世物の駱駝《らくだ》といっしょだな」

「ほんとうだね。それにしても、何しに来たんだろう」

「水でも売りに来たんじゃないのか」

「おや、おくにさん家《ち》に足を向けたよ」

おもわず、おまつは駆けだした。

おくにの家の前は、昨日に引きつづき、黒山の人だかりになっている。

「さあ、皆の衆、聞いてくれ。昨晩遅く、おびんずるさまは夢の中でお告《つげ》をお受けなされた。照降町の九尺店に住む哀れな母娘を救ってさしあげなさいとな」

提灯持ちは誇らしげに胸を反らし、人垣を見渡す。

おくには娘のおひろをともない、地べたに平伏していた。

おびんずるが足を差しだせば、平気で舐めそうな感じだ。

提灯持ちは、みずからを瓢六《ひょうろく》と名乗った。

「母は娘の病を治すべく、高利の金を借りたそうな。利息と元本合わせて三十両もの金を返さねば、母は身を売らねばならぬという。おびんずるさまのお耳にも、そうした事情は届いておる。案ずるな、お釈迦《しゃか》さまの思《おぼ》し召《め》しで、すべてはまるくおさまる」

おくには顔をあげ、膝で躙《にじ》りよった。

「まことでございますか。お助けいただけるのですね」

おびんずるに触れるのは恐れ多いとでもおもったのか、おくには瓢六の両手を握って泣きだした。

「娘の病も不老水によって、徐々に恢復《かいふく》するはずじゃ。何も心配することはない。さ、支度をしなさい。おぬしら母娘は今から、おびんずるさまの主宰《しゅさい》なさる青山の道場へ向かう。道場にて気儘《きまま》に暮らせば、そのうちに娘の病も癒《い》えよう。

さあ、感謝の祈りを捧《ささ》げるがよい。祈りを捧げた者には、かならずや、吉のお裾分けがあろう」

おくに母娘のみならず、周囲に集まった連中も熱心に祈りだす。

おびんずるは眸子を瞑り、口のなかで何やら妖しげな経文を唱えた。

そして、黒衣で覆《おお》いかくすように、母と娘をさらっていったのである。

大家の弥兵衛とは、あらかじめはなしがついていたらしく、揉《も》め事《ごと》の起こる余地はなさそうだった。

まるで、一陣の風が吹きぬけたかのような光景に接し、三左衛門は人の魂を求めて唐土から渡ってくるという怪鳥をおもいだした。

「うぶめか」

まさしく、おびんずるこそが、うぶめ鳥なのではあるまいか。

この日の出来事は、読売《よみうり》で大きく取りあげられることになった。

貧乏長屋に住む哀れな母娘を救ったことで、陰陽師の評判は鰻登《うなぎのぼ》りにあがった。照降町の界隈だけにとどまらず、江戸市中から四宿《ししゆく》の隅々まで瞬時にして噂はひろまったのである。不老水は飛ぶように売れ、悩みを抱えた者たちはおびんずるのもとへ殺到した。

やがて、おびんずるの評判は御用達《ごようたし》の物売りから大奥《おおおく》へも伝えられ、年寄衆《としよりしゅう》などからも内々《ないない》にお召しがあり、不老水の効験は御墨付《おすみつ》きを得ていった。正体は詐欺師《さぎし》であっても、いちど権威の衣《ころも》を纏えば、人は信じるようになる。貧乏人は何かに縋りたいと、常日頃から待ちかまえているのだ。そうした心理のあやに、おびんずるはまんまと付けこんだ。左義長の炎で正月飾りも燃えつき、睦月《むつき》も終わりに近づくころになると、狡猾《こうかつ》な陰陽師の評判は動かしがたいものとなった。

五

どうも胡散臭《うさんくさ》い。

そのおもいは募るばかりだが、あれほど効験を疑っていたおまつでさえ、このごろではおびんずるの御利益にあやかろうとしている節がある。

三左衛門は苛立ちをおぼえていた。

連れさられた母娘の安否も気に掛かる。

鬱々《うつうつ》とした気分をなおそうと、久しぶりに夕月楼《ゆうづきろう》の句会に顔を出すことにした。

夕暮れになると、柳橋《やなぎばし》の花街《かがい》には清掻《すがが》きの音色が響きわたる。雪解けで水嵩《みずかさ》の増した大川《おおかわ》の水面に下がり提灯の炎が点々と映り、化粧《けわい》した芸妓たちの艶姿《あですがた》が横町にちらほら見え隠れする。

そぞろに歩くだけでも、気分は浮きたってきた。

柳橋は通人の遊ぶ町、通いはじめれば病みつきになると聞くが、その気持ちはよくわかる。

黒板塀《くろいたべい》のつらなる向こうから、ふと、艶《つや》めいた唄が聞こえてきた。

「うたがひの雲なき空や如月《きさらぎ》の、その夕影にをりつる袖も、くれなひ匂ふ梅の花笠、ありとやここに鶯《うぐいす》の、鳴く音をり知る羽風《はかぜ》に……」

名の知られた勾当《こうとう》のつくった『梅の月』という地唄だ。

「……はらりほろりと降るは涙か花か、花を散らすは嵐のとがよ、いや、あだし野の鐘の声」

みやれば、ふたりの鳥追いが門付をしながら遠ざかってゆく。

菅笠《すげがさ》で顔はわからぬが、母と娘であろうか。

おくにとおひろをおもいだし、切ない気分にとらわれた。

気づいてみれば、丹塗《にぬ》りの籬《まがき》の手前までやってきている。

夕月楼であった。

句会といっても、大袈裟なものではない。顔を出すのは三左衛門もふくめて三人、楼主《ろうしゅ》の金兵衛《きんべえ》と定町廻《じょうまちまわ》りの八尾半四郎《やおはんしろう》だけだ。

付き合いは四年ほどだが、ずっとむかしから懇意《こんい》にしているような気もする。

それだけ、濃密な関わりを重ねてきたということだろう。

なにしろ、馬が合う。三人とも三度の飯より歌詠《うたよ》みが好きで、世の中にはびこる胡散臭い連中を毛嫌いしていた。

三左衛門はおびんずるを槍玉《やりだま》にあげ、おもいきり茶化してやりたい気分だった。

それが足を向けた理由のひとつでもある。

二階の奥座敷に身を入れると、ふたりはすでにできあがっていた。

「お待ちかね、お待ちかね」

赤ら顔の半四郎に手招きされ、三左衛門は上座にでんと腰をおろす。

さっそく、駆けつけ三杯の挨拶酒《あいさつざけ》を呑まされ、今夜の鍋に掛けて一句ひねってみろと責められた。

「本日は鴨鍋にございぃ」

金兵衛は幇間《ほうかん》よろしく、太鼓腹《たいこばら》をぽんと叩く。

半四郎は鼻の穴をおっぴろげ、湯気を吸いこんでみせた。

鍋には、賽《さい》の目に切った豆腐、春菊に芹《せり》、椎茸《しいたけ》などが入れてあり、ぐつぐつ音をたてている。醬油《しょうゆ》に酒と砂糖を混ぜた出汁《だし》は絶品で、分厚く切られた主役の鴨は高価な青首《あおくび》の胸肉であった。

饗《きょう》された膳には、魚の刺身や野菜の煮しめなども並んでいる。

生唾を呑む三左衛門に向かって、半四郎はにやりと笑いかけた。

「さあ、鴨鍋と掛けて何と詠む。気の利いた句のひとつも捻《ひね》りだせねえようなら、青首はおあずけだな」

「ふうむ、こいつはまいったぞ」

三左衛門は腕組みで考えた。

香ばしい湯気が、鼻先にまとわりつく。

「浮かびました」

「お、早い」

「鴨葱《ねぎ》に水を買わせるおびんずる、いかがです」

いきなり、おびんずるを題に選んで反応を窺《うかが》う。

「なあるほど」

半四郎と金兵衛が、ふたり同時に頷いた。

やはり、狡猾な陰陽師の噂は耳にしているようだ。

「ささ、鴨肉もほどよく煮えてござります。たんと召しあがりなされ」

金兵衛に言われるまでもなく、三左衛門は鍋をつつきはじめる。

半四郎が渋い顔で杯を呷《あお》った。

「おびんずるか、たしかに胡散臭え如何物師《いかものし》だが、やたら人気がありやがる」

「そこですな。捕り方も悪者になりたくないものだから、重い腰をなかなかあげぬ」

「金兵衛の言うとおりさ。ただの水を三両や五両で売っているとすれば、こいつは立派な罪だ。打ち首にしても足りねえ野郎だが、これといって証拠もねえ。じつは、上からも余計なことに首を突っこむなと言われてな。おおかた、おびんずるに良心を売っちまったお偉方がいるんだろうさ」

「御奉行所が動かぬとなれば、戯《ざ》れ句《く》を詠んで気を晴らすしかありませんな」

「そのとおり。金兵衛よ、ひねってくれい」

「はいはい、それでは。不老水呑んでめでたく昇天す」

「ふはは、死んじまった莫迦《ばか》もいるかもしれねえな」

「八尾さまも、どうぞ」

「よし、騙されて撫でた頭に髪がない、どうだ」

「仕舞《しま》いには身ぐるみ剝がされ、出家するしか道がなくなるというわけですか」

三左衛門は、何やら聞いているのが辛くなってきた。

地べたに平伏した母と娘のすがたが、瞼《まぶた》の裏に浮かぶのだ。

しばらくすると、廊下の奥から跫音《あしおと》がひとつ近づいてきた。

「お、来られたか」

金兵衛は膝を打ち、ふわりと腰をあげた。

「今宵《こよい》はもうおひと方、お客人を招いております。ふほほ、八尾さまにはさきほどお教えいたしました。ご存じないのは、浅間さまだけ」

「誰であろうな」

「それは見てのお楽しみ」

襖《ふすま》が開き、大柄の若侍が顔をみせた。

「おっと、これはこれは」

元会津藩藩士、天童虎之介《てんどうとらのすけ》である。

「浅間さま、その節はどうも」

三左衛門はひょんなことから虎之介と知りあい、昨年の暮れ、ともに会津まで足を延ばした。御用人参《ごようにんじん》の横流しという悪事のからくりを突きとめるべく、ふたりで巨悪に立ちむかったのだ。

二十歳にも満たぬ若者の清い正義と忠心《ちゅうしん》が、黒幕であった会津二十八万石の国家老を追いつめた。右の活躍で藩への復縁の道が用意されていたにもかかわらず、虎之介は一介の浪人として生きる道を選んだ。

清々《すがすが》しい若者の決断を、ここに集《つど》う三人は得難いものと感じている。

句会の仲間に誘っても、文句を言う者はおるまい。

「仲間になっていただく以上、狂歌名が要《い》ります。どなたか、良い案はござりませぬか。おう、それより、ご本人はいかがでしょう」

「若輩者《じゃくはいもの》ゆえ、何ひとつ浮かびません」

虎之介は座るなり酒を注がれ、恐縮しながら挨拶酒を呷った。

「ほほう、見事な呑みっぷり。屁尾《へお》さまと双璧《そうへき》ですな」

「ご楼主、屁尾さまとは」

「これは失礼、八尾さまの号は屁尾酢河岸《すかし》と申しまして、屁がとびきり臭いのでござります」

「それはそれは」

「あとでお試しになられるとよい」

「いや、遠慮しておきます」

「ちなみに、浅間さまの号は横川釜飯《よこかわかまめし》、手前は一刻藻股千《いっこくもまたせん》と申します」

「ずいぶん、ふざけた号ですね」

「それが、狂歌名というもの。出身地や本名にとらわれてはなりませぬ。さ、天童さま、今何をおもわれましたか」

「鴨肉が美味《うま》そうだなあと」

「されば、青首尼呼女《あおくびにこめ》というのは、いかがでしょうな」

「そいつはいい。金兵衛、それできまりだ」

半四郎が横から口を出し、虎之介は渋々ながら同意した。

「されば、尼呼女どの、おひとつ」

三左衛門が嬉しそうに酒を注いでやる。

すると、半四郎が役目のはなしをしはじめた。

「三日前、山谷堀《さんやぼり》にほとけが浮かんだ。食いつめ浪人でな、一刀のもとに胸を袈裟懸けに斬られておった。身許を調べてみたら、これが何と元会津藩の藩士さ」

「え」

驚いた虎之介の顔を、半四郎は覗きこむ。

「ついでだから、聞いておこう。そやつの名は楢原東弥《ならはらとうや》。北馬道《きたうまみち》の岡場所に馴染《なじ》みの女郎がおってな、おかげで素姓《すじょう》がわかった。どうだ、知りあいか」

「楢原どのなら、存じております」

「お、そうか」

七つ年上の番士で、剣の腕はそこそこだった。横柄《おうへい》なところがあり、些細《ささい》なことで上役とよくぶつかっていた。周囲と折りあわず、藩にいづらくなったのだろうと、虎之介は憶測《おくそく》する。

「じつは、暮れにふらりと訪ねてこられました。わたしの居所を誰に聞いたかわかりませんが、自分も浪人したからよろしくと」

「まことか」

「はい。さほど昵懇《じっこん》の仲でもなかったので、ぞんざいに応じたところ、藪《やぶ》から棒《ぼう》で申し訳ないが、金を借りてくれぬかと頼まれました。丁重にお断りすると、こんどは金貸しをせぬかと誘ってこられましてね」

三左衛門は聞き耳を立てながら、煮込み饂飩《うどん》をずるずるやりはじめた。

金兵衛は「それが美味いんですよ」などと囁きつつ、油断なく耳をかたむけている。

半四郎は虎之介に酒を注いでやった。

「それで」

「先立つものもないからと突っぱねましたが、容易に引きさがりません。仕舞いには、元手は一銭もいらぬ、とある人物が用立ててくれるから、何ひとつ案じることはないと。つまり、他人の褌《ふんどし》で相撲《すもう》を取らせてもらい、小遣い稼ぎができるのだと申すのです」

「ほう、それから」

「無論、金貸しなぞやる気はありませんでしたが、金を貸してくれるという人物に少し興味を」

「そいつが誰か、聞いたのか」

「はい」

「やっこさんは何と」

「教えてもらったのは名ではありません。元手を用立ててくれる御仁《ごじん》は、おびんずるさまと呼ばれるお偉いお方だとか」

「ぶへっ」

三左衛門は、口から饂飩を吹きだした。

「どうか、なされましたか」

怪訝《けげん》な顔をする虎之介に、半四郎が説明してやる。

「そいつは、今巷間《こうかん》で評判の陰陽師だ。とんだ食わせ者でな、ただの水を貧乏人に三両や五両で売り、荒稼ぎをしてやがる。今までこれといった証拠はなかったが、殺しが絡《から》んでくるとなりゃ、はなしは別だ」

「すると、楢原東弥は、おびんずるなるものに殺されたのかもしれぬと」

「さあて、そいつはわからねえ。ただし、おまえさんのはなしで、おびんずるの手口があらかた読めた。ねえ、浅間さん」

「ええ。おびんずるは裏で浪人たちに金を貸しあたえ、高利の金貸しをやらせているようですね」

浪人たちを鵜飼《うか》いのごとく操《あやつ》り、貧乏人に金を借りさせ、不老水を買わせると同時に、金貸しのほうでも実益をあげているのにちがいない。どっちにしろ、金《かね》儲《もう》けが目的の大掛かりな詐欺であった。

「長屋の可哀相な母娘が救われたってはなし、あれも狂言かもしれねえな」

半四郎の言うとおりだろう。

「こりゃ、相当な悪党だぞ」

金兵衛は額に玉の汗を浮かべ、饂飩をずるずるやりはじめた。

虎之介が言った。

「楢原さんは仰いましたよ。自分と同じような恩恵を受けている浪人者は、少なくとも百人はくだるまいと」

「百人か、生半可《なまはんか》な数じゃねえな」

おびんずるの悪事を暴こうとすれば、凶暴な山狗どもを敵にまわすことにもなりかねない。

「しかも、浅間さんのはなしじゃ、岡っ引きもつるんでいるらしい。下手《へた》に突っつけば、こっちがぺしゃんこにされちまうぜ」

「でも、八尾さん、聖人ぶった如何物師をこのまま、のさばらせておくわけにもいかんでしょう」

「ほほう、浅間さんはこの件に首を突っこむおつもりで」

「とりあえず、連れさられた母娘の安否だけでも確かめようかと」

「そこからさきは、どうなされるのです」

と、虎之介が横から膝を乗りだしてくる。

どうやら、手伝いたくて仕方ないようだ。

「そうだな、とりあえず、おびんずるに会ってから決めても遅くはあるまい」

ただし、真正面から門を敲《たた》いても、門前払いを食うだけだ。

「策がいるな」

半四郎と金兵衛が、意味ありげに笑った。

「さ、尼呼女どの、おびんずると掛けて一句ひねってくだされ」

金兵衛に誘われ、虎之介は天井を睨みつける。

「浮かびました」

「ほ、お早い。お聞きしましょう」

「では」

虎之介は居ずまいを正す。

「この悪事水にはできぬ不老水」

「お見事」

四人は夜遅くまで呑みかわし、座敷で雑魚寝《ざこね》したあと、明鴉《あけがらす》の鳴き声を聞きながら、寝起きの一杯を呑んだ。それから、客の三人は炊《た》きたての飯と浅蜊《あさり》の味《み》噌汁《そしる》を頂戴《ちょうだい》し、ようやく、各々《おのおの》の家路についた。

六

宿酔《ふつかよ》いの頭で溜池《ためいけ》の畔《ほとり》を歩み、赤坂《あかさか》から青山へ足を延ばす。

暦《こよみ》はもうすぐ啓蟄《けいちつ》、梅も随所で咲きはじめている。

青山といえば傘張り同心たちの住む百人町《ひゃくにんちょう》がよく知られているが、文月《ふづき》の星《ほし》祭《まつ》り以外にあまり足を運ぶこともない。ただ、おまつと連れだって、教学院《きょうがくいん》の目青不動《めあおふどう》に詣《もう》でたことは二度ほどあった。

目青不動の東隣は広大な梅林を有する梅窓院《ばいそういん》、おびんずるの「道場」は梅窓院の裏手にある。

古寺を改築したようなおもむきの建物だが、奥行きのある敷地の後ろは雑木林に覆われており、外周の三方は堀川に囲まれている。青山大膳亮《あおやまだいぜんのすけ》（美濃郡上八《みのぐじょうはち》幡藩主《まんはんしゅ》）の広大な下屋敷にも隣接しており、堀川を挟んだ南側には頑強な海鼠塀《なまこべい》が聳《そび》えたっていた。

門をくぐると、巫女《みこ》風の装束《しようぞく》を着た下げ髪の女たちが竹箒《たけぼうき》で参道を掃き浄めている。

みな、若くてほっそりしており、そこそこに美しい。

だが、近づいてみると、女たちの目は死んでいた。

舌を抜かれたように押しだまり、顔をあげる者とていない。魂を抜かれた人形のようにもみえた。

おくにとおひろのすがたを探したが、それらしき者はいない。

敷地内には、宿坊のような建物も見受けられた。人の出入りできそうなところは山門以外に見当たらず、逃げ場のない袋小路をおもわせる。

参道をすすむと、本堂の手前におびんずる尊者の木像があった。

参詣した者に触られたのか、顔や手足はつるつるになっている。

ほかにも、立派な狛犬《こまいぬ》や石灯籠《いしどうろう》が立っているが、ひときわ目を引くのは注連縄で縛られた大きな水瓶《みずがめ》だった。

かたわらに立つ木札には「不老水」とある。

不老水が御神水であることの説明が、くだくだしく記されていた。

三左衛門は、本堂の裏手にまわってみた。

勝手口らしきところに、むさ苦しい浪人の影がちらついている。

「あれだな」

急ぎ足で向かうと、おびんずるの提灯持ちが板間に座布団《ざぶとん》を重ね、廓《くるわ》の妓夫《ぎゆう》よろしく座っていた。

たしか、瓢六といったか。

三左衛門は敷居をまたぎ、にっこり笑った。

「瓢六さんかい」

呼ばれて小男は、ぎくりとする。

「誰だい、あんた」

「儲け話があると聞いてきた、この顔におぼえはないか」

「ないね」

「忘れたのか」

「え」

「居酒屋で意気投合《いきとうごう》したろう」

「居酒屋ってのは、もしや、蒟蒻島《こんにゃくじま》のおかめのことかい」

「そうそう、おかめだ。おまえさんは酔っておったから、うろ覚えかもしれぬが、拙者《せっしゃ》はこの耳でしかと聞いたぞ。楽して稼げる口があるとな」

「ほんとかい。まいったね、こりゃ」

瓢六は三左衛門をまじまじと眺め、ふうっと溜息を吐いた。

当てずっぽうに鎌《かま》を掛けたら、魚はまんまと引っかかった。

こうなったら、嘘を吐きとおすしかない。

「さ、稼ぎ口を教えてくれ。どうした、何で黙っておる」

「いやなに、旦那に何で声を掛けたんだろうって、そいつを考えていたんだよ。言っちゃわるいが、旦那は強そうにみえねえ。なにせ、ほら、債鬼を演じなくちゃならねえだろ。だからさ、ここにやってくるのは強面ばかりでね、へへ、もっとも、ほとんどは見かけ倒しだけど」

「なるほど」

「せっかく足を運んでもらってわるいけど、ま、そんなわけで、旦那にはちょいと荷が重そうだ。はい、さようなら」

「待ってくれ、おかめでも同じことを言われたぞ。人を見かけで判断するなと、おぬしを叱りつけてやったのだ」

「おや」

「おぬしはせせら笑い、でかい口を叩くだけのものをみせろと、そうほざいた」

「で、旦那は」

「詮方《せんかた》ない、みせてやったさ」

「いってえ、何を」

「白刃だよ、きらりとな」

「おいらは、どうしてた」

「惚《ほう》けた面をしておった。が、しばらくして、明日にでも道場に来てほしいと、泣きながら頼みおったさ」

「まさか、おいらが人前で泣くわけがねえ。これでも、六文銭《ろくもんせん》の瓢六と呼ばれる小悪党だぜい」

「ほう、小悪党なのか」

「そうだよ」

「その小悪党がな、みっともない面で泣いておったぞ」

「嘘だ、そんなこと、あるわけがねえ」

「何なら、もういちど験《ため》してみるか」

「よし、やってもらおうじゃねえか」

「されば、まいる」

言うが早いか、三左衛門は小太刀を抜いた。

──ひゅん。

閃光《せんこう》が奔《はし》る。

瓢六は口をあんぐり開けている。

三左衛門は静かに刃をおさめた。

と同時に、瓢六の元結《もとゆい》がぷつっと切れ、ざんばら髪が肩に垂れた。

「どうだい」

にかっと微笑《ほほえ》むと、瓢六の口から奇声が飛びだした。

「のひぇえぇ」

座布団から転げおち、板間を這って逃げだす。

「ちと、やりすぎたか」

小汚い尻を睨みつけ、三左衛門はつぶやいた。

七

その晩、三左衛門はさっそく「道場」の奥座敷に呼びつけられた。

おびんずるは床の間を背にして座り、偉そうに顎をしゃくる。

「まあ、座られよ」

陰陽師というより、生臭坊主《なまぐさぼうず》にみえる。

大きなからだは、ただ肥えているというのではなく、張りがあり、ぶつかり稽《げい》古《こ》で鍛えた力士のようだ。

三左衛門は瓢六から、おびんずるが用心棒を捜していると聞いていた。

「腕の立つ御仁なら大歓迎だ。瓢六が申すのなら、まずまちがいあるまい。あれは桶屋《おけや》の倅《せがれ》でな、死人に六文銭を渡す商いをしておった。取るに足りぬ小悪党だが、あれでも人を見る目はある。ところで、稼ぎの口を探しておるとか」

「楽して稼ぐことができると聞いたものでな」

「むほほ、何がやりたい。稼ぎ口ならいくらでもあるぞ」

「水を売ってもいいし、金貸しをやってもいい」

おびんずるは、ぎろっと眸子を剝いた。

「裏事情を知っておるのか」

「六文銭の小悪党に聞いた」

「ふん、口の軽いやつめ。まあよかろう、楽して稼ぎたければ、金貸しなんぞよりもっと楽な口がある。おぬし、人を斬ったことは」

「ある」

「ふむ、それが業《ごう》となっておらねば、これほど楽な商売もない」

「もったいぶらずに教えてくれ。何をすればよい」

「はっきり言おう。山狗を斬ってほしい」

「山狗」

「痩せ浪人どものことさ。わしは百人を超える浪人どもを操り、金貸しをさせておる。なかには不真面目な者もおってな、元金を持って逃げたり、貸した相手を死なせたり、ともかく無節操な輩《やから》が後を絶たぬ。そいつらを斬ってほしいのよ」

「みせしめか」

「そういうことだ」

元会津藩士の楢原東弥も、みせしめで殺されたひとりなのか。

だとすれば、おびんずるは意のままに使える人斬りをほかにも飼っていることになる。

「一匹殺《や》れば十両払う。人斬りを厭《いと》わぬ者にとっては、こたえられぬはなしであろう」

「連絡《つなぎ》はどうする」

「ほう、やる気になったか」

「まあな」

「連絡は瓢六か、もしくは、茂平という者からさせよう」

「茂平」

「不動の茂平、この界隈を縄張りにする岡っ引きだ」

まずい。茂平には顔を知られている。

三左衛門は所在を聞かれ、咄嗟《とっさ》にお茶を濁した。

「恥ずかしいはなし、ひとつところに住んでおらぬ」

「無宿か。されば三日に一度、ここか目青不動前の自身番《じしんばん》を訪ねるがよい」

「わかった」

「そういえば、まだ姓名を聞いておらなんだな」

「横川釜之介《かまのすけ》」

「釜之介か、妙な名だ。ふふ、男色ではあるまいな」

「ちがう」

「されば、ちと良い目をみさせてやろう」

おびんずるは小指を立て、げへへと下品に笑った。

哀れな母娘のことが、三左衛門の脳裏を過《よぎ》る。

それでも、ここはひとつ、乗ってみるしかあるまい。

八

本堂の裏手にひろがる雑木林の入口に、手燭《てしょく》を掲げた巫女が佇んでいた。

「お待ち申しあげておりました」

面灯火《つらあかり》に照らされた顔は雪のように白く、唇《くち》もとだけがやけに紅い。

じっとみつめる瞳《ひとみ》は炎を映し、人の生き血を啜《すす》る鬼女にもみえた。

「さ、まいりましょう」

雑木林に分けいり、しばらくすすむと、正面に灯りが点いている。

「庵《いおり》か」

「あそこに、お待ちの方がおられます」

どうやら、別のおなごがいるらしい。

三左衛門は、ごくっと生唾を呑んだ。

侘《わ》びた風情《ふぜい》の簀戸《すど》を抜けると、蹲踞《つくばい》や石灯籠が見受けられ、庵に繋がる露地には飛び石まで置かれている。

茶室なのだ。

扁額《へんがく》には「長寿庵《ちようじゆあん》」とある。

障子張りの腰窓《こしまど》越しに、灯りが漏れていた。

茶を点《た》てるのは、狐《きつね》であろうか。

「お行きなされませ」

巫女は後じさり、滑るように去ってゆく。

気後れを感じつつも、三左衛門は躙り口に身を寄せた。

戸を開けて鼻を差しいれると、手前畳に人影がある。

紫の江戸褄《えどづま》を纏《まと》った娘が、三つ指をついていた。

「お待ちしておりました。つたと申します」

かたわらでは、鶴首《つるくび》の茶釜が湯気を立てている。

床の間の軸には「不老長寿」と大書され、柱の一輪挿《いちりんざ》しには南天の実が飾られてあった。

「所望いたそう」

厳《いか》めしげに発すると、おつたはふっと笑った。

粋筋《いきすじ》の女特有の媚《こ》びたような笑いではない。

もしかしたら、本音を引きだせるかもしれぬ。

そんな期待を抱いた。

黒い楽茶碗《らくぢゃわん》で抹茶《まっちゃ》を呑みほし、ほっと息を吐く。

おつたは畳に目を落とし、じっとことばを待っている。

三左衛門は口を開いた。

「けっこうなお点前《てまえ》だ。それにしても、茶でもてなすとは風流な」

「御酒《ごしゅ》のほうがよろしゅうございましたか。お茶でのおもてなしは、おびんずるさまのご趣向なのですよ」

「ふうん、ご趣向なあ。おぬしも地獄の釜から救われた口か」

「それは、ご想像におまかせします」

「おびんずるを奉じておるのか」

「はい」

「見も知らぬ男の閨《ねや》の相手を強《し》いられても」

おつたは、すっと目を逸らす。

「これも修行です。わたしは、こちらで気ままな暮らしをさせていただいております」

「暗示に掛けられたな」

「そのように、わるく仰るのはおやめください。おびんずるさまは御仏《みほとけ》の御使者、徳の高いお方なのです」

「されば聞くが、不老水で不治の病が治ると、本気でおもっておるのか」

おつたは、ぐっと返答に詰まった。

まだ常人の感情が残っているらしい。

ここが勝負と、三左衛門はたたみかけた。

「おぬしもわかっておるのだろう。不老水はただの水、それを寝たきりの娘に呑ませたいばっかりに、法外な利息の浪人金を借り、二進《にっち》も三進《さっち》もいかなくなった母娘がいる。母は照降長屋に住むお針子でな、半年前までは娘と鳥追いをやっておったらしい。可愛い娘のためなら、母は命をも投げだす覚悟があった。母親の鑑《かがみ》さ。ところが、おびんずるにうまいこと利用され、この道場とやらへ連れてこられた」

「そのような方々のことなど、存じませぬ」

おつたの態度は、あきらかに硬化した。

「おまえさまは、その哀れな母娘と、どういう関わりがあるのです」

「母親のおくにには、わしの幼い娘を腕に抱き、可愛いと言ってくれた。吉のお裾分けをしてもらったと、泣きながら言いおった。たったそれだけの関わりだが、わしはおくにの流した涙が忘れられぬ。できることなら、救ってやりたい。そうおもってな」

「おまえさまは、いったい……人斬りをも厭わぬお方ではないのですか」

「ああ、そうさ、野良犬《のらいぬ》だよ、気にすることはない。おぬしの言うとおり、おびんずるに人斬りを頼まれた。ひとり斬れば、十両になるらしい。今宵、おぬしに触れた瞬間から、わしも悪党どもの仲間入りというわけさ。でもな、野良犬にも心はある。人助けをしたいという気持ちはある。わしはどうしても、母娘の消息が知りたい。このとおりだ、知っておるなら、どうか教えてほしい」

三左衛門は両肘《りょうひじ》を張り、頭《こうべ》を垂れた。

長い沈黙が流れ、おつたの目から大粒の涙が零《こぼ》れおちた。

「亡くなりました」

「え、今何と申した」

「亡くなったと聞きました。たぶん、そのおふたりだとおもいます」

娘のおひろは奥座敷に軟禁されていたようだが、連れてこられて三日目の早朝、早桶《はやおけ》でどこかに運ばれていった。母親のおくには娘の死を人伝《ひとづて》に知り、真夜中、雑木林の櫟《くぬぎ》の幹に襷《たすき》を掛け、首を縊《くく》ったのだという。

右の事実を知る者はごく少数にかぎられ、おつたも噂で聞いたにすぎない。

ただ、道場に連れてこられたその日、母と娘を目にしたことはあった。

「ひどく痩せた娘の肩を、母《かか》さまがだいじそうに包んでおられました。おふたりのすがたを目にしただけで、泣けて泣けて仕方なかった……母娘が亡くなったと聞いたときも、一晩中、涙が止まりませんでした」

三左衛門は、左右の拳をぎゅっと握りしめた。

助けられなかったことが口惜《くちお》しく、ことばも出てこない。

「わたしにも、病んだ母がありました。あの娘さんと同じに胸を患い、何年も寝たきりだった」

母親を救いたい一心で、おつたも浪人金を借り、不老水を買ったのだという。

「母はこの道場で亡くなりました。だから、おくにさんというお方の気持ちは、痛いほどわかります」

おつたのような不幸な娘が、道場には三十人ほど囲われているらしい。みな、おびんずるに傅《かしず》くことを強要され、道具のようにあつかわれているのだ。

「命が惜しければ、あのお方に逆らうことはできませぬ。わたしらには、自分を偽《いつわ》って生きるよりほかに、生きる術《すべ》がないのです」

「おぬしが知っていることを、すべてはなしてはくれぬか」

懇願すると、おつたは厳しい目でみつめかえしてきた。

「おはなしすれば、わたしらを救っていただけるのですか。あの化け物のもとから解きはなってもらえるのですか」

おつたは膝で躙りより、泣きながら縋りついてくる。

「約束しよう」

三左衛門は娘の痩せた肩を抱き、しっかり頷いてみせた。

九

おつたのことばを信じれば、おくにとおひろは半月余りも前に亡くなっていたことになる。

調べが遅きにすぎたことを、三左衛門は悔やんだ。

もはや、後には退けない。

翌日、瓢六のもとを訪ねてみると、さっそく頼みたいことがあるという。

「人斬りさ、きまってんだろう」

相手の素姓は聞かされず、十両欲しければ今晩亥《い》ノ刻（午後十時）、品川歩行《しながわかち》新宿《しんじゅく》の「弁天屋《べんてんや》」という旅籠《はたご》まで来いと告げられた。

長屋にいったん戻り、おまつに哀れな母娘の死を教えるかどうか迷ったが、どうしても切りだすことができなかった。

ただ、柳橋の夕月楼に足を向け、金兵衛には経緯《いきさつ》をはなした。

半四郎と虎之介もいずれ事情を知るだろうが、今宵の助っ人を頼む気はなかった。

これといって理由はないが、ひとりで解決したい気分だった。

気負っていたのかもしれない。自分ひとりで母娘の弔《とむら》い合戦をするのだと、意気込んでいた。

夜、品川歩行新宿の弁天屋を訪ねてみると、瓢六がひとりで待っていた。

「来なすったね。旦那、お覚悟は」

「もとより、できておるわさ」

「上出来だ。斬ってもらう相手は、お稲荷《いなり》さんの境内《けいだい》に呼んでありやすよ」

「どんな相手だ」

「もちろん、浪人者でやんす。小狡《こずる》い痩せ犬でね、金を貸しつけたさきの娘を女衒《ぜげん》に売っとばしておきながら、死んだと嘘を吐きやがった。ほかにも、稼ぎをちょろまかしていやがる。小知恵のはたらく野郎でね、少しくれえは目を瞑ってもよかったが、そうも言っていられなくなった、てなわけで」

「なるほど」

「姓名は聞かねえほうが賢明でしょ。どうせ、死んじまう野郎のことだ」

「ひとつ、確かめておきたい」

「何でやんしょ」

「わしのほかにも、人斬りを飼っておるのか」

「へへ、何人かおりやすよ。でも、信用できる御仁はたったひとりだ。そのお方に任せておけば、万にひとつも心配はいらねえ。人斬りのなかの人斬りってやつさ。ただし、偉ぶっているところが玉に瑕《きず》でね、おびんずるさまは以前から対抗馬を探していなさった」

「わしが対抗馬か」

「さあて。そうなれるかどうかは、旦那のはたらき次第でやんすよ」

まず無理だなという顔で、瓢六はせせら笑う。

「どっちにしろ、旦那とはうまくやっていけそうな気がするんだ。へへ、あっしは頼りになりやすよ。こうみえても、かなりの悪党でね、事と次第によっちゃ、おびんずるを出しぬくことだって朝飯前《めえ》なんだ」

「ほほう、飼い主を裏切るのか」

「裏切るんじゃねえ。ちょいと目を盗んで、小金を稼ぐんだよ」

「どうやって」

「そいつはまだ教えられねえ。ま、そのうちに」

空に月はなく、群雲《むらくも》が流れている。

稲荷へ向かうあいだ、瓢六は足許を提灯で照らしてくれた。

「おい、瓢六、わしが仕損じたらどうする」

「旦那の腕なら、まず心配はいらねえ。ただ」

「ただ、何だ」

「腕は立っても、刀を使えねえ御仁もいる。人を斬るには胆力《たんりょく》が要りやすからね。そいつをみさせてもらいやすよ」

おびんずるの信頼を得るためにも、ここはひとつ、心を鬼にしなければなるまい。

どうせ、相手は金に汚い野良犬、生きていても世のためにならぬ輩だ。やってやる。

三左衛門は覚悟をきめたものの、やはり、一抹《いちまつ》の躊躇《ちゆうちよ》がある。悪党といえども人の命、粗末にあつかってよかろうはずはない。

人斬りに堕ちてもよいのかという囁きが、良心に訴えかけてくる。

三左衛門は答えを見出せぬまま、稲荷社の鳥居《とりい》をくぐった。

境内の随所には溶けかかった雪が白く沈み、石灯籠の微かな光を反射させている。

すっかり葉を落とした大きな銀杏《いちよう》の根元に、ひょろ長い人影がひとつ佇んでいた。

「あれか」

「さようで」

言ったきり、瓢六は足を止めてしまう。

「どうした」

「おいらはここで」

「首尾を見届けぬのか。死人に六文銭を渡すのが、おぬしの役目であろう」

「血をみるのが嫌いでね。へへ、鳥居の向こうで待っておりやすよ」

相手に自分のことを気取《けど》られたくないのだ。

瓢六は、万が一のことを考えている。

「それじゃ」

「ああ」

三左衛門は袖をひるがえし、銀杏の巨木に向かって歩みだす。

相手との間合いが縮まるにつれて、妙な感じが増していった。

そして、相手の風貌をとらえたとき、疑念は確信に変わった。

「おぬしか」

先に発したのは、相手のほうだ。

わずかに狼狽《ろうばい》する顔をみて、ぱっと名が浮かんだ。

――辻伊織之介。

岡っ引きの茂平とともに、おくにを脅しにきた浪人者にまちがいない。

「ははん、読めたぞ」

と、辻が口走った。

「おぬし、おびんずるに脅しを掛けたな。おびんずるは例の母娘を利用し、自分の評判を高めた。おぬしはそのからくりを見抜き、脅しを掛けて、まとまった金をむしりとろうと考えた。ちがうか」

辻は得手勝手《えてかって》に筋を描き、ぺらぺら喋りつづける。

「いくら吹っかけた。百両か、それとも三百両か、いや、それ以上かもしれぬな。ふふ、口は災いの元だぞ。現にこうして、おぬしは命を狙われておるのだからな」

「わしを斬るように言われたのか」

「ああ、おぬしを斬れば十両になる。こんなうまいはなしを逃す手はあるまい」

「わしも同じことを言われたぞ。おぬしを斬れば十両になるとな」

「寝言を抜かすな」

「まだわからんのか。わしらは共食いさせられておるのさ。おびんずるの掌《て》のうえで踊らされているというわけだ」

「なるほど、おびんずるの考えそうなことだ」

「やるのか、それでも」

「ああ、迷いはない」

「わかっているはずだ。わしは容易には斬れぬぞ」

「あのときは油断があった。今夜はちがう」

辻は腰を落とし、静かに刀を抜いた。

「そうか、仕方ない」

三左衛門も小太刀を抜く。

「いや……っ」

辻は青眼から、突きかかってきた。

これをひらりと躱《かわ》し、胴を抜く。

「ぬぐっ」

浅くはいった。

辻は左手で脇腹を押さえ、片手持ちの上段に構えなおす。

そして、二の太刀を浴びせかけるとみせ、横走りに走りはじめた。

「おぼえておれ」

刀をおさめ、背中をみせる。

逃げ足は速い。

追ってもよかったが、放っておいた。

一の太刀で致命傷を与えることもできたが、遠慮してしまった。
「消えちまえ」
遠ざかる背中に向かって、投げやりに叫ぶ。
そのとき。
「ぎゃっ」
鳥居の手前で、鋭い悲鳴があがった。
辻が斬られたのだ。
狛犬の背後から、血の滴《したた》った刃が突きだされた。
つづいて、横幅のある人影があらわれ、ゆっくり近づいてくる。
瓢六の言った「人斬りのなかの人斬り」であろうか。
凄まじい殺気だ。
三左衛門の背中に悪寒《おかん》が走った。

十

男は刀を鞘《さや》におさめ、黒い巻羽織《まきばおり》の両袖を靡《なび》かせながら近づいてきた。
髷は小銀杏《こいちょう》に結い、大小は閂差《かんぬきざ》しにしている。

あきらかに、廻り方の同心だった。

背後には金魚の糞《ふん》よろしく、六文銭の瓢六が従《つ》いてくる。

唯一、信頼のおける人斬りというのは、不浄役人であった。

ふたりは大股で歩をすすめ、すぐそばまでやってきた。

「やっぱし、おもったとおりだ。おめえさんはしくじった。こんなこともあろうかと、こちらの葛巻新十郎《くずまきしんじゅうろう》さまにお願いしておいたのさ」

「瓢六、金をよこせ」

「へい」

うやうやしく差しだされた十両の包みを、葛巻はさっと袖口に仕舞った。

手馴れたものだ。年は四十前後、海千山千《うみせんやません》の口だろう。

「瓢六、もう一匹殺ってもいいぞ」

「旦那、ご冗談を」

「冗談ではない。さ、金をよこせ」

瓢六は顔色を変え、泣きそうな顔になる。

「それが旦那、今宵は持ちあわせがありやせん」

「ふん、なら仕方ねえ」

「葛巻の旦那、こちらのご浪人もけっこうお強いんですよ。うちらにしたら、簡単に死んでもらっちゃ困りやす」

「人斬りの手が足りねえと、おびんずるも嘆いておったな」

「仰るとおりで」

「がよ、そいつのせいで、おれの取り分が減っちまうことになりやしねえか。そうなったら困る。やっぱし、今斬っておくかな」

突如、殺気が膨らんだ。

三左衛門は半身になって身構える。

瓢六は声も出せない。

重い沈黙が流れ、葛巻がぶっと屁《ひ》を放った。

「ぬへへ、今夜はやめとこう」

三左衛門も肩の力を抜く。

「おめえ、名は」

応じずにいると、横から瓢六が口を利いた。

「横川釜之介、無宿ですよ、旦那」

「無宿、そうかい、縄を打てば島送りにできるな。水替人足《みずがえにんそく》にでもなってもらうか、ふへへ、安心しな。そんな面倒なことはしねえ。妙なまねをしやがったら、すぐさま、あの世におくってやる。おい、瓢六」

「へい」

「そいつが誰かを殺《や》るごとに、半金の五両をおれによこせ」

「え」

「それが嫌なら、さっきの野良犬と同じ運命が待ってるぜ」

「わかりましたよ」

瓢六は渋々ながらも応じ、無言でこちらに同意を求めてくる。

諾《だく》とも否《いな》とも応じずに、三左衛門は葛巻の間合いから逃れた。

「消えちまうがいいさ。おめえの顔はおぼえたぜ。せいぜい、気張るこった」

鳥居に向かうと、血腥《ちなまぐさ》い臭いがただよってきた。

目を向ければ、狛犬の脇に無残な屍骸《むくろ》が転がっている。

辻伊織之介は、正面から袈裟懸けで一刀のもとに斬られていた。

太刀筋を調べてみればわかることだが、山谷堀に浮かんだ元会津藩藩士の楢原東弥も葛巻に斬られたにちがいない。

「どんな悪党でも死ねばほとけ。南無《なむ》……」

三左衛門は片手で拝みつつ、経《きょう》を唱える。

すると、そこへ。

鳥居のほうから、別の人影が近づいてきた。

髭面《ひげづら》の岡っ引きだ。

十手を肩に担ぎ、がに股で歩みよってくる。

まずい。

不動の茂平であった。

「ちっ、葛巻の旦那、また殺りやがったな。後始末をやらされるこっちの身にもなってほしいぜ、まったく」

ぶつぶつ言いながら、無警戒に近づいてくる。

三左衛門は顔を伏せ、くるっと背中を向けた。

「おっと、待ちな」

呼びとめられ、小太刀の柄に手を添える。

「何か」

振りむかずに応じた。

「おめえか、おびんずるの新しい用心棒ってのは。名はたしか、横川釜之介だったな」

「ええ」

「困ったことがあったら、目青不動の自身番を訪ねてきな。わるいようにはしねえぜ」

「承知した。かたじけない」

「なあに、いいってことよ。せいぜい、気張るこった。おびんずるは頭の切れる野郎だ。あいつの言うとおりにしてりゃ、金に困ることはねえ。へへ、悪党同士、仲良くしようぜ」

三左衛門は無言で頷き、ゆっくりと歩みだす。

やがて、後ろのふたりも追いついてきた。

自然と、足が速まる。

鳥居をくぐりぬけたところで、三人の高笑いがわきおこった。

後ろもみずに、小走りにすすむ。

「こいつは、ひとりじゃ手に負えぬ」

闇に紛《まぎ》れた途端、三左衛門は脱兎《だっと》のごとく走りだした。

梅の月

一

　山谷堀にまたもや、浪人の屍骸が浮かんだ。

姓名は小川杢右衛門《おがわもくえもん》、袈裟懸けで一刀のもとに斬られており、誰が殺《や》ったかは容易に想像できた。

「北町奉行所の葛巻新十郎か、厄介《やっかい》なやつが嚙《か》んできたな」

八尾半四郎は溜息を吐き、金兵衛に酌《しゃく》を求めた。

宵闇に沈む夕月楼には、三左衛門と天童虎之介もふくめて四人の句会仲間が集まっている。

「金の字よ、やつのことなら、おめえも知ってんだろう」

「存じておりますよ。綽名《あだな》は蝮《まむし》の新十郎、北町奉行所きっての凄腕《すごうで》だとか」

「容易に尻尾《しっぽ》はみせねえが、黒い噂は以前からあった。よりによって、おびんずるとつるんでいたとはな」

「殺された小川某も、浪人金を貸していたそうですね」

「ああ、労咳《ろうがい》の妻女を抱えた元幕臣さ。女房の薬代を稼ぐために、貧乏人から鬼のような取りたてをやっていたらしい。調べてみたらな、小川に高利の金を借りた居職《いじょく》の老夫婦が首を縊《くく》っていた」

「何と悲惨な」

「それだけじゃねえ。小川を追って、労咳の女房も自害しちまった。それもこれもぜえんぶ、おびんずるのせいだ。あの野郎は金で釣って葛巻新十郎を飼いならし、好き放題をやっているのさ」

「許せぬ」

と、かたわらで虎之介が吐きすてた。

「八尾さま、どうなされます」

金兵衛に水を向けられ、半四郎は盃を置く。

「潰《つぶ》すっきゃねえだろう」

「容易ならざる相手ですよ。ことに、蝮の新十郎は」

「たしかに、正面から当たってもだめだ。蝮の裏をかき、首根っこを押さえつけ、息の根を止めなくちゃならねえ」

「息の根を……斬るんですか」

「ああ。中途半端なことをやったら、しっぺ返しを食う。蝮に狙われたら、寝首を搔かれるのがおちさ」

いつになく、半四郎の決意は固い。

葛巻に煮え湯を呑まされたことがあったのだ。

「忘れもしねえ、三年前、赤坂は氷川明神《ひかわみようじん》裏手の岡場所に警動《けいどう》を仕掛けたときのはなしだ。切見世《きりみせ》を仕切る地廻りの親分に縄を打つはずが、寸前で取り逃がしちまってな。おれが手懐《てなず》けていた小者が裏切ったせいさ。あとで知ったことだが、寝返らせたのは蝮の野郎だった。そいつを知ったときは後の祭り、小者は口を封じられた」

「殺されたと」

「ああ、袈裟懸けに斬られた屍骸が山谷堀に浮かんだ」

「袈裟懸けなら、楢原東弥や小川杢右衛門と同じやり口ですね。でも、なぜ、葛巻新十郎が絡んでいたとわかったのです」

虎之介の問いかけに、半四郎は力なく笑う。

「小者に聞いたのさ、そいつが山谷堀に浮かぶ前の晩にな。蝮の野郎は地廻りの親分と通じていた。だがよ、半端者の証言ひとつじゃ、同心に縄は打てねえ。おれは蝮が絡んだ証拠《あかし》をみつけようと必死になった。が、何ひとつみつけだせなかった」

「因縁《いんねん》の相手というわけですね」

「そういうこった。葛巻新十郎とは決着をつけなくちゃならねえ」

「策がいりますな」

金兵衛が問うと、半四郎は黙りこむ。

三左衛門が盃を干し、口をひらいた。

「岡っ引きの茂平を使う手はどうでしょう。わたしは顔を知られている。それを逆手にとって、蝮をおびきよせるというのは」

なるほど、葛巻はかならずや、三左衛門を始末しにあらわれるだろう。

「そこで、一気にかたをつける」

「わるくねえが、危ねえ賭《か》けだな」

半四郎は溜息を吐いた。

葛巻は狡猾《こうかつ》な男、二重三重の罠《わな》を仕掛けて待つにちがいない。

三左衛門の素姓がばれたら、おまつや子供たちに魔の手がおよぶ公算も大きい。

「いざとなれば、おまつさんたちは夕月楼で預かりましょう。それにしても、命懸けの仕掛けになりそうだ」

金兵衛もめずらしく、不安を隠せない様子だった。

が、危険を承知で踏みこまねば活路はひらけない。

三左衛門の瞼には、哀れな母娘のすがたが焼きついていた。

吉のお裾分けをしてやれなかった、という口惜しさもある。

何よりも、貧乏人を騙して私腹を肥やす悪党どもに対し、尋常ならざる怒りを感じていた。

「やるっきゃねえか」

半四郎のことばに、三左衛門はしっかり頷いた。

「ところで、おびんずるのほうはどうします」

「おれに良い考えがある」

半四郎は、にっと笑った。

「瓦版屋《かわらばんや》を使うのさ」

おびんずるの悪行を並べたて、騙された連中の不満を煽りたてるのだという。

怒りのおさまらぬ群衆は大挙して、青山の「道場」へ押しよせるだろう。

そうなれば、さしものおびんずるも窮地に陥《おちい》ると半四郎は読むが、思惑《おもわく》どおりに事がすすむかどうかは、やってみなければわからない。

「気になるのは囲われている女たちのことだ。三十人からいるってえじゃねえか。おびんずるを潰しちまったら、路頭に迷う者も出てこよう」

「皮肉なはなしですな。されど八尾さま、ご心配にはおよびませんよ」

金兵衛が、ぽんと胸を叩く。

「わたくしに、おまかせを」

「まとめて面倒をみる気かい」

「ご覧のとおり、柳橋には何十軒という茶屋が軒を並べております。芸妓や茶汲《ちゃく》み女だけをあつかう口入屋《くちいれや》もござりますれば、本人たちにその気さえあれば、働くところには事欠きません」

「よし、きまりだな」

半四郎は三人の顔をみまわした。

三左衛門と金兵衛、虎之介にも異論はなかった。

二

渋谷《しぶや》の宮益坂《みやますざか》へ通じる青山大路《あおやまおおじ》の左右には百人町の武家屋敷が連なり、周辺には原宿村《はらじゅくむら》などの田圃《たんぼ》がひろがっている。青山大膳亮の下屋敷をはじめとする大名屋敷も数多く見受けられ、町屋は久保町を中心とするごくかぎられたところにしかない。

目青不動の番屋は、久保町の一画にあった。

繰りかえすようだが、大路を挟んで正面には目青不動と梅窓院が隣りあわせで並び、おびんずるの「道場」は梅窓院の裏手にある。

寒気の強い朝、三左衛門はふらりと番屋を訪れた。

あらかじめ、岡っ引きの茂平がいるのを確かめたうえでのことだ。

「邪魔するぞ」

入口の玉砂利《たまじゃり》を踏むと、膝隠しの向こうから惚《ぼ》けた面《つら》が差しだされた。

一瞬の沈黙が流れ、茂平はあっと声をあげる。

「おめえは」

「ん、どこかで会ったかな」

「とぼけるんじゃねえ。おめえ、照降長屋の瘦せ浪人だろうが」

「まいったな。おぼえておったか」

三左衛門は講釈師《こうしゃくし》のように、額をぺんと叩いてみせた。

茂平は片膝立ちになり、顎を突きだす。

「いってえ、何しに来やがった」

「そうやって息巻くな。仕事が欲しけりゃ、おぬしを訪ねろと言われてな」

「誰に」

「おびんずるだよ」

「あんだと」

「おぬしらのやっている悪事のからくりは承知のうえさ。辻伊織之介が斬られたことも知っておる」

「まさか……あんた、品川歩行新宿の稲荷にいた浪人者か」

「そうだよ、やっとわかったか」

「何で、あんたが」

「金が欲しいからさ。野良犬を一匹斬れば、十両になるんだろう」

「怪しいぜ。ほかに狙いがあるんじゃねえのか」

「わしはただの痩せ浪人だ。勘ぐるのはやめて、仕事を寄こせ。昨日も、痩せ浪人がひとり山谷堀に浮かんだと聞いた。どうせ、腐れ同心のやったことなんだろう」

「ふへへ、腐れ同心か。たしかに、あんたの言うとおりだ。葛巻新十郎は生まれついての人斬りさ。ただな、本人に言わせりゃ、江戸の塵掃除《ごみそうじ》をしているんだとよ」

「塵掃除」

「そうだよ。消さなきゃならねえ野良犬なら、掃いて捨てるほどいる。おめえさんが信用できる御仁なら、いくらでも稼がしてやるぜ」

「信用されるには、どうすればよい」

「人斬りをみせてもらうしかねえな」

「相手は野良犬か」

「ああ。野良犬が相手でも、殺しは殺しだ。とりあえず一匹殺《や》ったら、おめえさんもおれたちと同じ穴の狢《むじな》さ」

「いつやればいい」

「今夜」

おびんずるが金貸しに携《たずさ》わる浪人たちを一堂に集め、労《ねぎら》いの宴を催《もよお》すという。

「ところは芝浜《しばはま》の船宿だ。見世ひとつ総仕舞いにする」

「豪勢なはなしだな」

「威勢をしめすのさ」

「なるほど。で、誰を殺る」

「宴席に来たら教えてやるよ」

「相手はひとりか」

「ああ、そうだ。かなり腕の立つ野良犬だが、帰《けえ》りの夜道を狙えばいい。おめえさんの技倆《ぎりょう》なら、まず大丈夫だろう」

「葛巻は来るのか」

「さあて、どうだか。血の臭いを嗅ぎつけてくるかもな。へへ、葛巻の旦那が恐ろしいのかい」

「いいや」

「あんたもかなりの遣い手だ。辻伊織之介をまかした手並みをみりゃわかる。けどな、葛巻新十郎の強さは半端じゃねえぜ。あの腕に対抗できる人物といやあ」

茂平はしばらく考え、ふっと微笑んだ。

「おもいだした。南町にでけえのがひとりいる。八尾半四郎だ。ふたりにゃ因縁があってな、いずれ近《ちけ》えうちに白黒つけるときが来ると、おれは踏んでいる。ま、あんたに言ってもはじまらねえがな。でえいち、八尾半四郎を知らねえだろう」

動揺を押し殺し、冷静に応じる。

「不浄役人に、知りあいなどおらぬさ」

「ふん、同じ台詞を吐いた御仁がいたぜ。誰だとおもう」

「さあ」

「小川杢右衛門、山谷堀に浮かんだほとけだよ。人は見掛けによらねえ。小川は御目付《おめつけ》配下の隠密《おんみつ》だった」

「なに」

「嘘じゃねえ。おびんずるが騙している相手は、九尺店《くしやくだな》に住む貧乏人だけじゃねえんだ。旗本や御家人、たとえば、そこの百人町に屋敷を構える役人のなかにもいる」

もとより、幕臣に対する高利の金貸しは御法度《ごはつと》だ。ゆえに、目付筋がおびんずるへの内偵をおこなっていたとしても、何ら不思議なはなしではなかった。

「危ねえところさ。小川杢右衛門の正体を見破ったのは、葛巻の旦那だ。な、だからよ、あんたが隠密じゃねえという保証はどこにもねえ……と、言いてえところだがな、どう逆立ちしても、あんたはちがう。辻伊織之介と揉めた一件のあと、ちょいと調べさせてもらったのさ」

「何を調べた」

「近所の評判とか諸々《もろもろ》だよ。あんたの名は、たしか、浅間三左衛門といったな。十分一屋の女房に食わせてもらっている痩せ浪人だ。やることといやあ、赤ん坊のおむつを換えるくれえのもんだ。大刀は竹光《たけみつ》だとも赤鰯《あかいわし》だとも聞いた。つまり、ただの腑《ふ》抜《ぬ》け侍にすぎねえ。安心だってことさ。ふふ、腹が立ったかい」

「少しな」

「斬ってもいいぜ。稼ぎの種を失ってもいいいならな」

「わしをからかって、楽しいか」

「ふへへ、楽しいにきまってらあ、二本差しをからかうのはな。ま、何はともあれ、おびんずるは、もう充分に稼いだ。おれも美味《うめ》え汁を吸わせてもらったが、この辺りが潮時かもしれねえ」

茂平はぺらぺらと、ひとりでよく喋った。

三左衛門はうんざりしながらも、はなしに耳をかたむけつづけた。

三

芝浜の砂地に、船宿の灯《あか》りが煌々《こうこう》と点《とも》っている。

夜の静寂《しじま》に、ふたつの人影が溶けこんだ。

瘦せているほうは三左衛門、六尺豊かな偉丈夫《いじょうふ》は虎之介である。

「八尾さんとも相談したのだが、今夜のところは様子見といこう」

「そうですか」

「わざわざ来てもらって、申し訳なかったな」

「いいえ、何かあったら、助っ人にはいりますよ」

「たぶん、宴会は真夜中までつづくぞ。この寒いなか、いてくれるのかい」

「ご心配なく。馴れておりますから」

「心強いな」

「ところで、浅間さん、浪人者を斬るおつもりですか」

「いいや、適当に逃してやるさ」

「それでは、相手に信用されませんよ」

「信用させぬのが狙いだ。連中は疑心暗鬼《ぎしんあんき》になり、かならずや、こちらを消しにかかる。そこを逆手に取ってやればよい」

「なるほど、そうでした」

「ま、今夜は無駄骨になりそうだが、ひとつ頼む」

「はい」

三左衛門は虎之介と別れ、船宿に向かった。

すでに、大勢の浪人たちが集まっている。

予想を超える数に面喰らった。

敷居をまたぐと、下足番《げそくばん》よろしく、六文銭の瓢六が控えている。

三左衛門を目敏《めざと》くみつけ、つっと身を寄せてきた。

「旦那、こっちこっち」

「おう」

袖を引かれ、囁《ささや》かれる。

「不動の親分に聞きやしたよ。旦那は浅間某と仰《おつしや》るそうですね」

「ふふ、姓名を偽ってわるかったな」

「しかも、照降町の裏長屋でかみさんと娘っ子が待っているんだとか」

「ま、そういうことだ」

「ご安心を。おびんずるには、何ひとつ告げておりやせんよ」

「ほっ、そうか」

「あっしは旦那を買っておりやしてね、いざというときのために恩を売っておいてもわるかねえ」

「いざというとき」

「そうでやすよ。おびんずるは、ああみえて気が短《みじけ》え。怒ったら何をするかわかったもんじゃねえ」

「わしに恩を売っても、無駄かもしれぬぞ」

「いいえ、旦那はあっしを見捨てねえはずだ」

「どうしてわかる」

「へへ、まとまった金が欲しいんでしょ」

「まあな」

「五十両程度なら、すぐにでも融通できやすぜ」

「ずいぶん、貯めこんだな」

「貯めたんじゃねえ。掠《かす》めとったのさ、けへへ」

どうやら、おびんずるに内緒《ないしょ》で稼ぎの一部を盗んでいるらしい。

ばれたら命はない。それで、三左衛門を味方につけておこうと考えたのだ。

「ところで、旦那は誰かを斬りにきたんでしょう」

「ああ。だが、茂平に聞かねば相手はわからぬ」

「妙だな」

「何が」

「親分が来るってはなしは初耳ですよ。なにせ、ここに集まった連中は無宿者《むしゅくもの》ばかりだ。無宿は十手持ちを毛嫌いしてやすからね」

「ちょっと待て。浪人金を貸す連中が無宿というのはおかしいだろう」

「いいえ。木賃宿《きちんやど》に寝泊まりしながら、取りたてにゆくんでやすよ。金を借りてえやつは、相手がどこに住んでいようと気にしねえ。当座の金さえ拝めりゃ、それでいいんだ」

どうにも、腑に落ちない。

そもそも、野良犬どものために宴を催す意図《いと》がわからぬ。

しかも、肝心のおびんずるは、いっこうにあらわれる気配もない。

三左衛門は瓢六と別れ、端の階段から二階座敷に向かった。

二十畳敷きの大広間には猫足膳《ねこあしぜん》がもうけられ、宴会はすでにはじまっている。

歓声がわきおこったので見てみると、華やかな芸者たちがすがたをあらわした。

中央の舞台では、三味線に合わせて唄や踊りがはじまり、賑やかしの幇間《ほうかん》などもいる。酒がはいった浪人どもは赤ら顔で笑い、浮かれて踊りだし、芸者相手に狐拳《きつねけん》をやりはじめる者などもあった。

三左衛門は、偶《たま》さか隣に座った浪人者に酌をした。

「さ、どうぞ」

「お、これはすまぬ」

浪人は盃を干し、返盃の酌をする。

無精髭《ぶしょうひげ》を伸ばした熊《くま》のような男だ。

垢じみた着物が臭う。

「拙者、浅間三左衛門と申します」

「岩倉佐五郎《いわくらさごろう》、元南部藩藩士《なんぶはんはんし》にござる」

「盛岡《もりおか》ですか、それはそれは」

「貴公は」

「上州富岡、七日市藩の出です。二十万石の南部さまにくらべたら、鼻糞《はなくそ》のような小藩ですよ」

「鼻糞とは言いすぎであろう。わしは拠所《よんどころ》ない事情で脱藩したが、南部侍の誇りは失っておらぬぞ」

　誇り高き侍が、高利貸しの真似事《まねごと》をやるのか。

　三左衛門は心で問い、すっと話題を変えた。

「つかぬことをお聞きするが、今宵はいったい何の宴です」

「知らぬ。余計な心配はせずとも、おびんずるの御利益《ごりやく》を授かりゃいいのさ。呑んで歌ってまた呑んで、好き放題にやりゃあいい」

　岩倉との会話は、それきり途切れた。

　宴席のそこらじゅうで笑いが起こり、裸踊りをはじめる輩《やから》もいる。

　しかし、いつまで経っても、おびんずるはあらわれず、茂平もすがたをみせない。

　戌《いぬ》ノ五つ半（午後九時）近くであろうか。

賑やかしの連中がしめしあわせたように、ごっそりいなくなった。

また新しい芸者たちがやってくるという期待もあり、宴席はいっこうに終わる気配をみせない。

三左衛門は不安に駆られ、ひとり階段を降りた。

勝手口から、厠《かわや》へ向かいかける。

「まずい」

異変に気づいた。

暗闇に、大勢の人間が潜んでいる。

息苦しいほどの殺気が、船宿全体をつつんでいた。

三左衛門は小便を我慢して、酒樽《さかだる》の陰に潜んだ。

すると、大きな人影がひとつ、外から飛びこんできた。

虎之介だ。

「おい、こっちだ」

虎之介は声に振りむき、恐い顔で駆けよってくる。

「浅間さん、捕り方です。囲まれました」

「何だって」

眸子《まなこ》を剝いた途端、呼子《よびこ》の音《ね》が闇を切り裂いた。

四

虎之介もひとまず、酒樽の陰に隠れた。
二階の連中は呼子に気づいた様子もなく、浮かれ騒ぎをつづけている。
ほどもなく、先陣が影のようにやってきた。
捕り方装束に身を固めた小者たちが足を忍ばせ、勝手口から踏みこんできたのだ。
先頭に立つのは誰あろう、鎖鉢巻《くさりはちま》きを締めた葛巻新十郎であった。
二十人余りからなる一団が、階段のしたへ迫ってゆく。
「待て」
葛巻は小者たちを制止した。
手の合図ひとつで、みなは階段の裏に隠れる。
酔った浪人がひとり、ふらつきながら降りてきた。
葛巻がさっと飛びだし、階段に片足を掛けて抜刀する。
「せい……っ」

抜き際の一撃が、浪人の胴をまっぷたつにした。
夥《おびただ》しい血がほとばしり、無残な屍骸が階段を滑りおちる。
あっという間の出来事だ。
小者たちはぎょっとし、声も出せない。
奉行所の役人には、そもそも、火盗改《かとうあらため》のような斬捨御免《きりすてごめん》の権限は与えられていない。
しかも、相手は無抵抗の浪人者、殺《あや》めずに捕縛《ほばく》するのが常道だ。
が、一団を率いる葛巻は十手ではなく、白刃を使った。
外道《げどう》め。
と、三左衛門は吐きすてたくなった。
小者たちも恐怖と戸惑いを感じている。
「ためらうな。抗《あらが》う者は斬れ。それ、掛かれいっ」
葛巻は雄叫《おたけ》びをあげ、階段を駆けのぼった。
得物《えもの》を携えた小者たちが団子《だんご》になってつづく。
やにわに、二階はとんでもない騒ぎになった。
怒声にまじって、断末魔《だんまつま》の叫びも聞こえてくる。

葛巻が手当たり次第、浪人者を斬りすてているのだ。

先陣につづき、第二陣も躍りこんできた。

刺股《さすまた》などの番所用三つ道具も持ちこまれ、物々しさに拍車《はくしゃ》がかかる。

外に目を移せば、一斉に御用提灯《ごようちょうちん》が点されたところだ。

「御用、御用」

捕り方の掛け声が、大波となって襲いかかってくる。

提灯の数に圧倒され、三左衛門は目も開けていられない。

「くそっ」

おびんずるは、手懐《てなず》けた浪人たちを売ったのだ。

お上は、このところ無宿者の取り締まりに力を入れている。町奉行所のお偉方に手柄を立てさせ、それと引き換えに悪事を見逃してもらう。おおかた、そうした取引でもなされたにちがいない。

三左衛門は虎之介ともども、浪人狩りに巻きこまれた。

不動の茂平に塡《は》められたのだ。

が、いまさら、あれこれ憶測してもはじまらぬ。

虎口《ここう》を脱する方法だけを考えねばなるまい。

「ぬはあ」

血達磨《ちだるま》の浪人者がひとり、階段を転がりおちてきた。

岩倉佐五郎だ。

深手を負いつつも、白刃を振りまわしている。

「取りおさえよ、刺股を使え」

陣笠《じんがさ》の与力が、戸口で偉そうに喚《わめ》いた。

「それ」

左右から刺股や突棒《つくぼう》が伸び、岩倉の動きを封じこめる。

二階からはつぎつぎに、浪人どもが転がりおちてきた。

あるいは、窓から飛びおりる者も大勢いる。

船宿の内外で死闘が繰りひろげられていた。

もはや、乱戦である。

「いやあぁ」

岩倉は、なかなかに手強い。

捕り方の得物を奪い、逆しまに斬りこんでゆく。

「ぎゃっ」

小者のひとりが、右腕を落とされた。

「怯《ひる》むな、怯むな」

陣笠の与力はみずからも抜刀し、小者たちを鼓舞《こぶ》している。

葛巻が階段を駆けおりてきた。

白刃を握り、首筋を返り血で光らせている。

一方、岩倉は暴れまわったあげく、鞴《ふいご》のように荒い息を吐いていた。

「わしに任せろ」

葛巻は無造作に近づいた。

「けえ……っ」

気合いを込め、本身を袈裟懸けに振りおろす。

「ぬぎゃっ」

岩倉は血を噴き、仰向けに倒れていった。

「掛かれい」

小者たちが、折り重なるように殺到する。

「今だ」

三左衛門と虎之介は、酒樽の陰から飛びだした。

葛巻が振りむく。

「とあっ」

虎之介が抜刀し、猛然と突きかかった。

「なんの」

葛巻は一撃を弾き、返しの胴斬りを浴びせかける。

虎之介もこれを跳ねかえし、ぱっと身を離した。

一瞬の間隙《かんげき》を衝《つ》き、三左衛門が斬りこんでゆく。

一尺四寸の小太刀が光った。

「つおっ」

葛巻は八相から、必殺の袈裟懸けを繰りだしてくる。

三左衛門は袖を断たれつつも、懐中へ飛びこんだ。

素早い。

胴を抜き、脇を擦りぬける。

「くっ」

葛巻が苦痛に顔をゆがめた。

たしかに、肉を斬った感触はあった。

が、三左衛門の刃《やいば》は鎖帷子《くさりかたびら》に阻《はば》まれ、浅手《あさで》を負わせたにすぎない。

それでも、葛巻は土間に片膝をついた。

捕り方は凍りつく。

三左衛門と虎之介は、腹の底から喚《おめ》きあげた。

「ぬおおお」

囲みを破り、外へ飛びだす。

何十人もの捕り方は、ただ呆然《ぼうぜん》とみつめるだけだ。

葛巻だけが屈辱に顔をゆがめ、怒声を張りあげた。

「追え、やつらを追え」

第一の壁は突破できても、第二の壁が待ちかまえている。

死地を逃れた浪人どもが、随所で死闘を演じていた。

腕や足を失う者もあれば、血反吐《ちへど》を吐いて斃《たお》れる者もいる。

華やかな宴は地獄絵になりかわり、阿鼻叫喚《あびきようかん》が海鳴りとなって尾を曳いた。

分厚い壁も同然に取りかこむ捕り方のなかには、必死に呼子を吹く御用聞きのすがたもあった。

不動の茂平である。

逃げる三左衛門と目が合った途端、茂平は呼子を抛《ほう》って叫んだ。

「この野郎、待て、待ちやがれ」

三左衛門は脇目もくれず、松林の狭間《はざま》をめざして走った。

併走する虎之介ともども、左右から突きだされる得物を跳ねかえし、手にした白刃を峰に返すや、相手の首や腹などの急所を叩きつける。

ふたりが駆けぬけたあとには、怪我を負った小者たちが点々と転がった。

しかし、走れども走れども、行く手には御用提灯が並んでいる。

捕まれば一巻の終わり、半四郎にも救う手だてはあるまい。

止まったら負けだ。

「ふわああ」

三左衛門と虎之介は白刃を翳《かざ》し、息を弾ませ、前へ前へと駆けつづけるしかなかった。

五

ふたりは虎口を脱し、鉄砲洲《てっぽうず》まで逃れた。

「やったな、虎之介」

「はい」

おそらく、逃げのびることができたのは、ふたりだけであろう。

執拗《しつよう》な追跡がなされることを、考慮しておかねばなるまい。

「ひとまずは、ここで別れよう」

「お気をつけて」

ふたりは朱の鳥居をのぞむ船着場で別れた。

虎之介を乗せた小舟は大川を遡上《そじょう》して柳橋の夕月楼へ向かい、三左衛門を乗せた小舟は亀島川《かめじまがわ》を経由して日本橋川へ漕《こ》ぎすすむ。

何よりも、おまつと娘たちのことが案じられた。

晦日《つごもり》なので、空に月はない。

冴えた夜空には屑星が瞬《またた》いていた。

「寒いな」

身震いがする。

雪が降ってきそうだ。

魚河岸《うおがし》の手前で小舟を降り、急ぎ足で照降町の裏長屋へ向かった。

亥《い》ノ刻（午後十時）を疾《と》うに過ぎており、町木戸はすべて閉まっている。

照降町の界隈は、不気味なほど静まりかえっていた。

嫌な予感がする。

木戸脇の潜り戸を抜けると、人影がさっと近づいてきた。

「ん」

小太刀の柄に手を掛け、腰を落として身構える。

「旦那、あっしですよ」

見馴れた髪結《かみゆ》いの顔が、引きつったように笑った。

「仙三《せんぞう》か」

「へい」

金兵衛の子飼いにして、半四郎の御用聞きもつとめる重宝な男だ。

「奥さまたちは、夕月楼へお連れしやした」

「ほっ、そうか」

すっと、肩の荷が下りた。

「八尾の旦那が万が一の事を考え、そうしておけと」

「さすがだな。おかげで助かった」

肩の荷が下りた途端、疲れがどっと襲ってくる。

三左衛門はその場にひっくり返り、仙三に助け起こされた。

「旦那、大丈夫ですかい」

「ああ、すまぬ。寄る年波には勝てぬな」

「聞きやしたよ。芝浜で大捕物があったとか」

出役《でやく》に参じたのは月番である北町奉行所の連中だが、南町の役人たちも奉行所に詰めており、半四郎の耳にも遅ればせながら無宿狩りの件はもたらされていた。

「浪人狩りさ。うっかり、巻きこまれちまった」

「お怪我は」

「かすり傷程度だ。それより、腹が減ったな」

「夕月楼の旦那さまが、軍鶏鍋《しゃもなべ》を支度してお待ちかねですよ」

「それはありがたい」

「じゃ、さっそく向かいやすか」

三左衛門はじっと考え、苦しそうに漏らす。

「いや、もう少し待とう」

「待つって、誰を」

「追っ手さ。不動の茂平が様子見にくるかもしれぬ」

「茂平っていうと、青山の岡っ引きのことでやすね」

「小狡《こずる》い狐さ。茂平に塡められたのだ」

「そうでやしたか。なら、見逃すわけにゃいかねえな。どうしやす、踏んづかめえてやりやしょうか」

「そのつもりだ。少々手荒なまねをしても、悪事の全容を吐かせてやる」

真夜中を過ぎたころ、案の定、茂平があらわれた。

さいわいにも、ひとりのようだ。

周囲を気にしながら潜り戸を抜け、長屋内の様子を窺ったのち、また木戸の外へ出てきた。

潜り戸の脇には、三左衛門が立っている。

「どうした、わしならここにおるぞ」

「ひぇっ」

茂平は仰天《ぎょうてん》し、腰を抜かしかけた。

仙三が背後から駆けより、羽交《はが》い締《じ》めにする。

三左衛門は小太刀を抜き、茂平の首筋にあてがった。

「おとなしくしろ」

「わ、わかった。殺さねえでくれ」

「おぬしは、わしを罠に塡めた。浪人狩りがあると知りながら、あえて船宿へ向かわせたのだ」

「ご、後生だ。堪忍《かんにん》してくれ」

「命乞いをしたいなら、相応の誠意をみせろ」

「金ならある。五十両でどうだ。逃してくれれば、かならず払う」

媚びた顔を向けられ、三左衛門は刃を使いたくなった。

「ちっ、金ですべてが解決するとおもうなよ」

「じゃ、どうすりゃいい」

「聞いたことにこたえろ」

「わ、わかった」

「よし、まずは、葛巻新十郎のことを詳しく教えてもらおうか」

三左衛門が小太刀を鞘におさめると、茂平はあきらめたように項垂《うなだ》れた。

六

半四郎の調べでは、浪人狩りを上に進言したのは葛巻新十郎だった。

葛巻には、おみちという情婦《いろ》がいる。

どうやら、自分で土壇《どだん》送りにした小悪党の女房らしい。

おみちは連絡役《つなぎやく》でもあり、茂平からの言伝《ことづて》はおみちを介して伝わることになっていた。

「ちょっと見は品の良い後家さんですよ」

翌日、三左衛門や半四郎の意向を受け、仙三がおみちのもとへ使いにいった。

色街の匂いが濃厚にただよう橘町《たちばなちょう》の一画である。

茂平からの言伝と偽って伝えた内容は、もちろん、おびんずるから発せられた殺しの依頼だった。

葛巻にしてみれば、金になる裏仕事だ。

怪しまれぬように、茂平とのあいだでよく使うという場所を指定してやった。

内藤新宿《ないとうしんじゅく》の北、東大久保村《ひがしおおくぼむら》にある西向天神《にしむきてんじん》の境内である。

ときは明日の夕刻、できるだけ早いほうがいい。

相手に考えさせるまえに、先手を打っておかねばなるまい。

そして、肝心の獲物は三左衛門だと、正直に教えてやった。

船宿で手傷を負わせているので、口惜しいおもいを抱いているはずだ。

「葛巻はかならず来る」

誰もがそう読んだが、三左衛門が西向天神に向かう理由もつくっておいたほうがよかろう。

そのためにはもう一枚、役者を嚙ませる必要があった。

選ばれたのは、瓢六である。

おびんずるの目を盗んで小金を掠めとる小悪党、とうてい信用できぬ男だが、瓢六を上手《じょうず》に使い、葛巻を油断させねばならなかった。

三左衛門はさっそく、青山の「道場」に向かった。

瓢六は本堂裏手の勝手口に座り、新たな浪人どもを集めていた。

三左衛門が顔を出すと、驚きのあまり、石地蔵のように固まった。

「だ、旦那、生きておられたんですかい」

「おかげさまでな。おぬしもひとがわるいぞ。浪人狩りを知っておれば、教えてくれてもよかろうに」

「寸前に知ったんでやすよ。逃げるのが精一杯でね、旦那に教える暇がなかったんだ。ほんとですよ」

「まあよい。信じてやろう」

「へ、そいつはどうも」

瓢六は頭を搔き、茶を淹《い》れようとする。

三左衛門は、やんわりと断った。

「おびんずるは、どうしておる」

「今朝方、お城に呼ばれていきやしたよ」

「お城」

「大奥でやすよ。何とかっていう身分の高いお方に、悩み事を聞いてほしいと請われたんだとか」

「ほう」

「ご祝儀、いくらだとおもいます。五十両でやすよ。適当に嘘を並べたてて五十両、ふへへ、これほど楽な商売もねえ」

「なるほどな、如何物師《いかものし》もついに、そこまで登りつめたか。あとは高転《たかころ》びに転げおちるしかあるまい」

「そうなったら困りやすよ。旦那だって、稼ぎをなくしちまう」

「それだ。茂平から仕事の依頼があってな」

「不動の親分から」

「ふむ。明日の夕刻、大久保の西向天神まで足労せよというのだ」

「斬る相手は、痩せ浪人ですかい」

「それがな、不浄役人らしいのだ」

「え」

「わしがおもいあたるのはただひとり、葛巻新十郎しかおらぬ。誰なのだと聞いても、茂平は教えてくれぬのよ」

瓢六は身を乗りだす。

「旦那は、お引きうけなさったので」

「引きうけるには引きうけた。なにせ、稼ぎが三十両と聞けば、首肯《しゅこう》せざるを得まい」

「三十両でやすか。でも旦那、命を落としたら元も子もありやせんぜ。相手が葛巻さまなら、命を落としにゆくようなもんだ」

「だからな、そこを調べてほしいのさ」

「あっしがですかい」

「そうだ。葛巻に会い、それとなく聞くことはできようか」

瓢六は偉そうに、考えるふりをしてみせる。

「できねえ相談じゃありやせんがね。でも、ご本人に会えるかどうか」

「誰か、連絡役はおらぬのか」

「おりやすがね」

「それは」

「へへ、秘密でやすよ」

読みどおり、おみちのもとへ行く気になったのだ。

瓢六はそこで、西向天神に来る相手が葛巻であることを知る。

知ってどうするかは、瓢六の胸ひとつだ。

三左衛門に恩を売りたいか、葛巻に恩を売りたいか、どちらかを天秤《てんびん》に掛け、動こうとするだろう。

十中八九、瓢六は葛巻のほうに靡《なび》くと、三左衛門は読んでいた。

それでいい。葛巻は三左衛門の到来を確信し、餌《えさ》に食いつくだろう。

瓢六が探りを入れてきた。

「斬る相手が葛巻さまだったら、どうなさるんです」

「あきらめるさ」

「おや、あっさりしていなさる。三十両をあきらめるんですかい」

「おぬしも言ったとおり、命あっての物種《ものだね》だからな」

「なら、相手が他の役人なら、どうしやす」

「行こうとおもっている。葛巻を超える手練《てだれ》は、そうはおるまい。不浄役人には、いささか恨みもあってな」

「なるほど。不浄役人なら、ためらわずに斬れると仰る」

「まあな」

「弱ったな。厄介なことを頼まれちまった」

「無論、只《ただ》でとは言わぬ。事が成就《じょうじゅ》したら、おぬしにも分け前をやろう」

「金はいりやせん」

「なら、何が欲しい」

「前にも言ったはずだ。いざというとき、助けてもらいてえ」

「おびんずるに裏切りがばれたときのことか」

「そうでやすよ。そんときは、おびんずるをばらしてほしいんで」

瓢六は笑って囁いたが、目つきは真剣そのものだ。

「おびんずるを始末するには報酬《ほうしゅう》がいるな」

「へへ、そうくるとおもいやしたぜ。旦那、あっしはね、隠し金の在処《ありか》を知っているんでやすよ」

「よし、信じよう」

「なら、ご承知いただけるので」

「ああ、おびんずるは殺ってやる。武士に二言はない」

「ふへへ、こいつは可笑《おか》しいや。武士に二言はねえなんて台詞、今日び、河原芝居《かわらしばい》の緞帳役者《どんちょうやくしゃ》でも使いやせんぜ」

瓢六は蝙蝠《こうもり》のような男だが、やはり、葛巻に恩を売ろうとするだろう。

おみちを介して、今のやりとりがありのまま、伝えられるにちがいない。

葛巻はこちらの動揺を見透かした気になり、ほくそ笑みながら西向天神へやってくる。

「旦那、一刻（二時間）もありゃ、相手が誰か、探ってこられやすよ」

「ありがたい。それなら、鼠色刻《ねずみいろどき》（夕暮れ）にまた訪ねてくるとしよう」

「相手が葛巻さまじゃねえときは、あっしが案内に立ちやしょう」

「そうしてもらえると、助かるな」

「へへ、世の中は相持ちって言いやすからね」

瓢六は雪駄《せった》を履《は》いて尻をからげ、さっそく出掛けていった。

空は密雲に覆われ、白いものがちらついている。

手を翳してみた。

「名残《なごり》の雪か」

吉兆《きっちょう》であろうかと、三左衛門はおもった。

七

如月《きさらぎ》二日は二日灸《ふつかきゅう》、無病息災を願い、大人ばかりか子供にも灸を据える。

幼いおきちはかたちだけまねをし、姉のおすずは背中に灸を据えられた。

長屋のそこここで幼子の泣き声が響いていたが、おすずは歯を食いしばって最後まで耐えた。

「さすが、うちの子だろう」

おまつは近所に自慢して歩いたが、今日は朝から出掛けもせず、めずらしいことに縫い物などをしている。

三左衛門は納期の迫った絵蠟燭の絵を、せっせと描きつづけた。

「あんまり根をつめなさんな」

おまつに優しいことばを掛けられ、ますます絵付けに没頭する。

気づいてみたら、八つ刻（午後二時）をまわっていた。

そろそろ、行かねばなるまい。

「どちらへ」

と聞かれても、曖昧《あいまい》な返事をするしかなかった。

勘の良いおまつはただならぬ気配を感じとったようだが、うるさく追及もせず、いつものように切火《きりび》を切って送りだしてくれた。

何はともあれ、悪党退治におもむかねばならぬ。

おびんずるを懲らしめるまえに、葛巻新十郎という牙《きば》を抜いておかねばなるまい。

餌撒《えま》きは巧みにおこなわれ、すでに、獲物はぱっくり食いついていた。

西の空には杏子色《あんずいろ》の夕陽がある。

三左衛門は瓢六に導かれ、西向天神の境内に向かった。

西向天神は東大久保村の鎮守《ちんじゅ》、九州の太宰府《だざいふ》に正対する西向きに社殿を築いたところから、この名で呼ばれるようになった。

西側は足を滑らせたら危うい崖だが、すばらしい眺望を堪能できる。

瓢六を鳥居のそばに残し、三左衛門は崖のほうへ向かった。

葛巻は、こちらを罠に掛けたつもりで待っているはずだ。

「ふっ、おったな」

案の定、がっしりしたからだつきの同心が、手ぐすねを引いて待ちかまえていた。

夕陽を背にしており、表情までは読めない。

「ぬへへ」

人を小馬鹿にしたような嘲笑《ちょうしょう》が聞こえた。

「鴨が葱背負《ねぎしょ》ってやってきたか。横川釜之介、いや、ほんとうの名は浅間三左衛門というらしいな」

「岡っ引きの悪党に教わったのか」

「ああ、そうさ。茂平は目端《めはし》の利く男でな」

「ふうん」

「狙いは金か、それとも、おびんずるに恨みでもあんのか」

「こたえても詮方《せんかた》あるまい」

「何だと」

「おぬしは十手を笠に着た人殺しだ。あの世へ逝《い》ったほうがよいかもしれぬ」

「抜かせ、この」

葛巻は袖を振り、大刀を抜きはなつ。

「おっと待て、おぬしに紹介したい人物がいる」

「なに」

「あそこだよ、ほら」

三左衛門の指差す櫟《くぬぎ》の木陰から、ふたつの人影があらわれた。

黒羽織を纏《まと》った大柄の同心が、後ろ手に縛られた茂平の縄尻を握っている。

「ん、おぬしは……八尾半四郎」

葛巻は顔色を変えた。

縛られた茂平は、瞼を腫《は》らしている。

半四郎は鼻歌を唄いながら、三左衛門のそばにやってきた。

そして、前触れもなく、茂平の横腹に一発蹴りを入れた。

「むぐっ」

蹲《うずくま》る岡っ引きの髷《まげ》をつかみ、顔をあげさせる。

ぺっと、半四郎は唾を吐いた。

ずいぶん、手荒なまねをする。

半四郎は顔を赤く上気させ、大声を張りあげた。

「葛巻よ、てめえの罪状は茂平があらかた喋ってくれたぜ」

「おぬしら、つるんでおったのか」

「今ごろ気づいても遅いわ」

「ふん、まあよかろう」

葛巻は肘を突きだし、刀を八相に構えなおす。

「八尾半四郎ならば、相手に不足はない。決着をつけてやる」

「そいつはこっちの台詞だ。浅間さん、ちょいとこいつを頼みます」

半四郎に縄尻を預けられ、三左衛門は渋い顔をつくった。

「いいところを持っていかれたな」

「ま、いいじゃありませんか」

ふたりの掛けあいを、葛巻は苛立たしげに睨んでいる。

そこへ、三人目の男が登場した。

天童虎之介である。

「待て、虎之介」

半四郎の制止も聞かず、血の気の多い若侍は刀を抜いた。

虎之介も真天流《しんてんりゅう》を極めた剣客、会津では名の知られた男だ。

三尺に近い大刀を掲げ、尋常の勝負を挑んでゆく。

「せいや……っ」

気合一声、下段からの一撃を薙《な》ぎあげた。

「ぬわっ」

葛巻は仰《の》けぞり、必死の形相《ぎょうそう》で弾きかえす。

「おぬしは、たしか……芝浜の船宿で会ったな」

「問答無用」

虎之介は身を沈め、二の太刀の突きを浴びせかけた。

葛巻はこれも弾いたが、劣勢であることに変わりない。

三人を相手にせねばならぬ苦境に気を取られているのだ。

「待てい、虎之介、そいつはおれの獲物だぞ」

半四郎は叫びつつ、裾を捲《まく》って駆けだした。
駆けながら抜刀し、猛然と斬りかかっていく。
このとき、葛巻は体勢をくずしていた。
「ぬりゃ」
紫電一閃《しでんいっせん》、鮮血が散る。
半四郎の上段斬りが、鬢《びん》を浅く削ったのだ。
間髪を容れず、虎之介が斬りかかった。
「うくっ」
左右から挟《はさ》み撃《う》ちにされ、さしもの葛巻も平静を失った。
こうなれば、三左衛門の出る幕はない。
「とあっ」
半四郎の袈裟懸けが、左肩を深々と裂いた。
虎之介は休む暇も与えず、二段突きを繰りだす。
葛巻は際どいところで躱《かわ》したが、崖っぷちに追いつめられた。
背負った大きな夕陽が、人を喰らう鬼の口にもみえる。
崖の端がくずれ、小石がばらばら転がりおちた。

「そい」

半四郎の突きが、咽喉《のど》を襲った。

「うわっ」

葛巻は上体を海老反《えびぞ》りに反らす。

ずるっと、足が滑った。

「ぬっ、ひゃあああ」

手負いの同心は必死に藻掻《もが》きながら、奈落《ならく》の底へ落ちていった。

「やったか」

半四郎は崖っぷちに駆けより、屈みこんで首を伸ばす。

崖下には小川がちょろちょろ流れており、葛巻新十郎は河原石のうえで大の字になっていた。

「悪党め、鴉《からす》の餌にでもなりやがれ」

虎之介も隣から覗き、ごくっと唾を呑みこむ。

三左衛門は半四郎のもとへ、茂平を引きずっていった。

「おめえも落ちてみるか」

「八尾さま、か、堪忍してくだせえ」

「ふん、さんざっぱら弱い者虐《いじ》めしやがって」

意気消沈《いきしょうちん》した茂平の月代《さかやき》を、半四郎はぴしゃりと叩く。

鳥居のところまで戻ってくると、瓢六が根元に縛られていた。

「こいつも、でえじな証人だ」

半四郎に睨まれ、瓢六は野兎《のうさぎ》のように縮みあがる。

「さあて、道場とやらへ案内してもらおうか」

本命のおびんずるが、まだ残っている。

「今ごろ、どうなっていることやら」

半四郎は懐中に手を入れ、読売を取りだした。

「浅間さん、はいこれ」

「お、例のやつですな」

三左衛門は読売を受けとり、さっと目を通す。

——不老水呑んでめでたく昇天す。騙されて撫でた頭に髪がない。

どこかで聞いたことのある戯《ざ》れ句《く》とともに、善人を騙して金を稼ぐおびんずるの罪業が連綿《れんめん》と綴《つづ》られてあった。

「瓦版屋に片っ端から声を掛け、江戸じゅうにばらまかせたんですよ」

半四郎は自慢げに胸を張った。

なるほど、読売に目を通せば、水を買わされた連中は騙されていたことに気づく。

気づいた途端、怒りを爆発させ、道場へ押しかけたくなるだろう。

「楽して金を稼ぐ野郎が好かれるはずはねえ」

半四郎の言うとおりだ。

世間はおびんずるの化けの皮が剝がれるのを、今か今かと待ちかまえていたのかもしれない。

ともあれ、妬《ねた》みとやっかみは、人を衝きうごかす大きな力となる。

日没が近づいたころ、青山の道場周辺は大騒ぎになっていた。

八

目青不動の門前から道場の敷地内にいたるまで、人、人、人で埋めつくされている。

「こら、如何物師、金を返せ」

「悪党、面をみせろ」

怒号が飛びかい、集まった者たちは眸子を逆吊らせているものの、なかには野次馬も大勢まじっていた。

参道にあったおびんずるの木像は倒され、踏みつけられている。「不老水」で満たされた水瓶は割られ、参道は水浸しになっていた。

礫《つぶて》や棒切れを握った者たちも、かなり見受けられる。

一部の暴走が惨事へと繋がりかねない危うさを孕《はら》んでいた。

「退《の》け、退いてくれ」

金兵衛の手下たちが人垣を掻きわけ、行く手をひらいてくれた。

三左衛門らはようやく本堂にたどりつき、勝手口から忍びこんだ。

薄暗い伽藍《がらん》の一画から、女たちの啜り泣きが聞こえてくる。

巫女装束の女たちは金兵衛に救いだされ、ひとつところに集められていた。

「ずいぶん遅い到着で」

金兵衛は皮肉を口走り、ほっと胸を撫でおろす。

「まいりました。予想を遥かに超える反響です」

「ふむ、そのようだな」

半四郎は笑って応じた。

「息をひそめていた連中の怒りが、火の玉のように弾けたのさ」

強烈な怒りは、大勢の気持ちをひとつにする。

「困ったものです。騒ぎに便乗した野次馬までが、その気になっているのですから」

「人間なんてそんなもんさ。ことに貧乏人は、熱くなるのも早えが冷めるのも早え。騒ぎはすぐに収まるだろうよ。ところで、おびんずるはどうした」

「それが」

「逃げられたか」

「外へ逃がしてはおりません。敷地内に潜んでいるはずなのですが、天井裏にも縁の下にもおりません」

隠し部屋でもあるのだろう。

が、女たちのなかで知る者はいないという。

三左衛門は、おつたをさがしていた。

「金兵衛、ひとりおらぬぞ」

「え、誰ぞ欠けておりますか」

「おつたという女がおらぬ」

巫女装束のひとりが、おどおどしながらも口をひらいた。

「おつたさんなら、雑木林に歩いてゆくのを見掛けました」

「雑木林……長寿庵か」

三左衛門は合点した。

おびんずるはきっと、茶室にいる。

「あの、わたしたちも連れていってください」

女たちに懇願され、三左衛門も半四郎も面喰らった。

散々《さんざん》苦しめられた如何物師の最期を、自分たちの目で見届けたいのだという。

「わかった、連れていこう」

一行は三十人からの女を引きつれ、雑木林に向かった。

九

今や、群衆は宿坊にも踏みこみ、狼藉《ろうぜき》をやりはじめている。

だが、祭りのような喧噪《けんそう》は、雑木林までは届いてこない。

庵《いおり》へ通じる簀戸《すど》の手前に、おつたは呆然と佇んでいた。

「そこにおったか、おい」

三左衛門が声を掛けると、おつたは我に返った。

「あ、旦那」

「何をしておる」

「おびんずるが隠れております」

「茶室にか」

「はい、床下に隠し部屋が」

「ようし」

半四郎が勇んで駆けだし、虎之介もつづいた。

「躙《にじ》り口《ぐち》から入るのも面倒だ。虎之介、ぶちこわすぞ」

「承知」

ふたりは敷石を跳ねとび、庵の横壁を蹴破った。

濛々《もうもう》と塵芥《じんかい》の舞うなか、土足で畳を踏みつけ、床下への入口をさがす。

「くそっ、ここか、こっちか」

気の短い半四郎は床を踏みつけ、板の継ぎ目を踏みぬいてしまった。

足首を抜き、穴から下を覗いても、真っ暗で何もみえない。

「入口はこちらです」

おつたは埃《ほこり》に噎《む》せながら、床の間へ近づいた。墨字《ぼくじ》で「不老長寿」と大書された軸の紐を引く。

細長い床板が、すっと下に落ちた。

梯子《はしご》がみえる。

「よし、わしに任せろ」

三左衛門は手燭《てしょく》を翳し、隠し部屋に降りていった。

梯子は五段あり、下には畳敷きの狭い部屋がある。

天井は低く、背中を丸めねば頭がつかえてしまった。

三左衛門は小太刀の柄に手を添え、手燭をめぐらせた。

衣桁《いこう》や蒲団、有明行燈《ありあけあんどん》や丸火鉢《まるひばち》などが映しだされた。

四方は白壁で、梯子の背後にも人影はない。

「浅間さん、おったか」

自分で踏みぬいた天井の穴から、半四郎が声を掛けてくる。

「いいえ、おりませんね」

もういちど手燭をめぐらすと、片隅に茶箱が置いてあった。

蓋《ふた》が少しずれており、微《かす》かに息遣いが聞こえてくる。

「そこか」

三左衛門は近寄り、えいっとばかりに蓋を開けた。

「ぬがっ」

箱のなかから、毛むくじゃらの腕がにゅっと伸びてきた。

首をつかまれる。

凄まじい膂力《りょりょく》だ。

万力《まんりき》のように締めつけられ、三左衛門は気を失いかけた。

「おい、しっかりしろ」

半四郎の声で覚醒すると、目の前に恐ろしい入道の顔がある。

「ふん」

頭突きを喰らわせた。

「びぇっ」

鈍い音とともに、おびんずるの鼻の骨が折れた。

おびんずるは鼻血を散らし、箱からすがたをあらわした。

無理に縮めた巨体が、ずんと勢いよく縦に伸びる。

その反動で、尖った禿頭が天井をぶちぬいた。

「ひゃっ」

上で女たちの悲鳴があがった。

無理もない。

つるつるの頭が、足下からいきなり飛びだしてきたのだ。

おびんずるは首から上を床上に置いたまま、気を失っている。

それは、白目を剝いた生首にもみえた。

「浅間さん、縛ってくれ」

階段の上から抛られた縄で、三左衛門は巨漢の手足を縛りつけた。

と、そのとき。

ぴしゃっと、小気味好い音が聞こえた。

「ふはは、こいつはおもしれえ」

半四郎が、おびんずるの禿頭を平手打ちにしたのだ。

三左衛門は階段を登り、床の間から顔を出した。

床の一隅で、禿頭が光っている。

光《ひか》り苔《ごけ》のようだなと、おもった。

「わたしにも、やらせてください」

おつたが光り苔に近寄り、ぴしゃっとやった。

それを合図に、わたしもわたしもと、女たちがつづく。

ぴしゃっ、ぴしゃっとやられるたびに、光り苔は赤く染まっていった。

「痛っ……」

おびんずるが覚醒した。

「……やめろ、やめてくれ」

下でばたばたもがいても、ものの見事に塡まった首は穴から抜けない。

「心おきなく叩いてやるがいいさ」

三左衛門は少しだけ、溜飲《りゅういん》の下がるおもいを感じた。

「後生だ、助けてくれ」

ふてぶてしい態度はどこへやら、おびんずるは泣きながら懇願しつづける。

頭を叩かれる痛みよりも、得体の知れぬ恐怖に脅えているのだ。

群衆の怒号が、地鳴りのように響いていた。

それがすべて自分に向けられたものだとわかった途端、おびんずるは五体の震えを抑えきれなくなった。

ほとけの使いになりすました悪党は、穴から引きずりだされた。

あとは群衆の面前へ、抛りだしてやればよい。

礫を投げつけられるか、棒切れで打たれるか。

いずれにしろ、過酷な仕打ちが待ちうけている。

「堪忍してくれ、それだけは……た、頼む、助けてくれ」

「ふん、みじめだな」

泣いて懇願するおびんずるを、半四郎と虎之介が引きずってゆく。

おつたは紅潮した顔で見送り、三左衛門につっと身を寄せてきた。

「旦那、すっきりしましたよ」

「そうか」

「じつは、お伝えしたいことが」

「ん、どうした」

おつたは、潤《うる》んだ眸子を向けてくる。

「じつは、旦那の仰った母娘、ひょっとしたら生きているかもしれません」

「なに、ほんとうか」

「はい。わたしも、噂をすっかり信じてしまったんです」

驚きを隠せぬ三左衛門に向かい、おつたは申し訳なそうに何度も頭をさげた。

十

照降長屋から青山の道場に移されたおくにとおひろは、どうやら、小悪党の浅知恵で死んだことにさせられたらしかった。

小悪党というのは、六文銭の瓢六である。

元桶屋のこの男は、おびんずるの目を盗んで小金を稼ぐことをおもいついた。まずは、おくにとおひろに「道場にいたら命が危ない、ここから救いだしてやる」と囁き、巧みに信じこませ、死んだふりをさせた。そして、悪党仲間としめしあわせたうえで娘と母を順番に早桶へ納め、まんまと外に運びだしたのだ。

瓢六に確かめたところ、事実であった。

おくにとおひろは、流れ者の女衒《ぜげん》に二十両で売ったという。

哀れな母娘は、おびんずるの世評を高めるのに利用された。裏のからくりがばれぬようにするには、ふたりに消えてもらうしかない。

瓢六は居直った。

自分が救ってやらなかったら、ふたりは消されていた。命の恩人なのだから罪一等を減じろと、うそぶいてみせた。

何とも皮肉なはなしだが、小悪党の意地汚い欲が母娘の命を救ったのだ。

ただし、ふたりの行方は杳《よう》として知れない。

女衒はすでに江戸から離れていたし、たとえ女衒を見つけだせたとしても、不幸な母娘が売られてゆく経緯をたどることは難しかった。

生きていてくれたことがせめてもの慰め、そうおもうしかなかった。

如月八日は御事納《おことおさ》め、歳神《としがみ》を祀《まつ》った神棚を外し、どの家でも正月行事を終える。

木戸番小屋の大屋根には、笊《ざる》を先端に結びつけた長い竹竿《たけざお》が立てられた。これは揚笊《あげざる》といい、天からの贈り物を受けとろうという欲張りな風習だが、笊や籠《かご》は鬼が恐れるものなので、邪気祓《じゃきばら》いも兼ねている。

おまつは慣習にしたがって、具だくさんの六質汁《むしつじる》を煮た。

上州にはないものなので、江戸の慣習なのかもしれない。具は小豆《あずき》、牛蒡《ごぼう》、大《だい》根《こん》、芋《いも》、人参、焼豆腐など、煮え難《にく》い具からおいおいに入れるために「おいおい」を「甥甥」に掛けて「従弟煮《いとこに》」とも呼ぶ。要するに、ごった煮のことだ。これが美味い。

母と娘の消息を気にしながら汁を啜っていると、微《かす》かに三味線の音色が聞こえてきた。

箸を握る手を止めて耳を澄ませば、艶《つや》めいた唄声も聞こえてくる。

「うたがひの雲なき空や如月の、その夕影にをりつる袖も、くれなひ匂ふ梅の花笠、ありとやここに鶯《うぐいす》の、鳴く音をり知る羽風《はかぜ》に……」

「鳥追いだねえ」

おまつが顔をあげ、物悲しい顔をしてみせる。

三左衛門は腰を浮かし、日和下駄《ひよりげた》をつっかけた。

「おまえさん、どこへ」

「ちょいとな」

艶めいた唄声は、近づいたかとおもえば、遠ざかってゆく。

逸《はや》る気持ちを抑えかね、三左衛門は木戸口へ急いだ。

「十分一屋の旦那、お出掛けですかい」

下駄屋の親父が陽気に声を掛けてくる。

返事もせずに木戸を抜け、表通りに飛びだした。

左右をみても、鳥追いのすがたはない。

三味線も唄も消えていた。

隣の長屋を覗き、抜け裏から抜け裏へ早足に通りすぎる。

「くそっ、わしは」

いったい、何を探しているのだろう。

鳥追いに哀れな母娘のすがたをかさね、必死に捜しまわっている。

だが、よくよく考えてみれば、おくにやおひろと格別に親しいわけでもなかった。もちろん同情はしたが、なぜ、こうまで必死になるのか、自分でもよくわからない。

あえていうなら、お裾分けした吉運の行方を見届けたいのかもしれなかった。

ちょっとした親切で、人は生きる望みを与えられるときもあると聞いた。

それが真実なのかどうか、この目で確かめてみたいとおもったのだ。

ふたたび、遠くのほうから、三味線の音色が聞こえてきた。

露地の向こうで、ふたりの鳥追いが艶やかに唄っている。

「……はらりほろりと降るは涙か花か、花を散らすは嵐のとがよ、いや、あだし野の鐘の声」

菅笠《すげがさ》で顔は隠れているものの、母と娘のような気がした。

鳥追いは黒板塀の門口で一礼し、こちらに背をむける。

三左衛門は駆けだし、途中で足を止めた。

「追うまい」

鳥追いはたぶん、おくにとおひろではなかろう。

呼びつけて顔を確かめても、虚しいだけのはなしだ。

ふたりは同じ空のしたで、逞しく生きてくれている。

きっと、そうにちがいない。

「おや」

馥郁《ふくいく》とした香りが、そこはかとなくただよってくる。

黒板塀のうえをみれば、紅梅が咲きほころんでいた。

石なとり

一

桃《もも》の節句《せっく》を間近に控え、江戸は日毎《ひごと》に慌ただしさを増してゆく。

町中を巡っていると、振袖《ふりそで》の娘たちがいっそう華やいでみえた。

堅物として知られる八尾半四郎でも、あちこち目移りしてしまう。

「いかん、いかん」

浮ついた気持ちを戒《いまし》めつつ、日本橋の大路から浮世小路《うきよしょうじ》へ向かう。

艶めいた空気のただよう小路には、半四郎には高価すぎる「百川《ももかわ》」という料理茶屋などもある。女将《おかみ》の撫子《なでしこ》は吉原《よしわら》の元花魁《おいらん》、艶やかなだけでなく、気品を感じさせる女だ。

半四郎は沈丁花《じんちょうげ》の芳香を嗅ぎながら、黒板塀に仕切られた露地裏へ足を踏みいれた。

稚児髷《ちごまげ》を結った五つか六つの娘がひとり、小石を弾《はじ》いて遊んでいる。

「石なとりか」

地面に置かれた小石を、抛《ほう》った小石で弾く遊びだ。

たいていは数人が敵味方に分かれてやる。

ひとりでやっても、つまらなかろうに。

弾かれた小石も淋しげだ。

ふと、幼いころの情景が浮かんできた。

まだ若衆髷《わかしゅまげ》を結っていた十二、三のころ、七つ年下の娘が八丁堀《はっちょうぼり》の家に預けられてきたことがあった。

「菜美《なみ》」

白井《しらい》菜美、勘定方《かんじょうかた》の父をもつ遠い親戚の娘だった。

なぜ、年端《としは》もいかぬ娘が預けられたのか、理由はおもいだせない。

ともかく、沈丁花の匂いたつ今時分にやってきて、夏の終わり頃までいた。

兄はもう元服を済ませていたので、半四郎が世話係を言いつかったのだ。

妹ができたようで嬉しかった反面、面倒事を押しつけられた苛立たしさもあった。

菜美は子兎《こうさぎ》のように脅え、いつも淋しげだった。

あるとき、暇潰《ひまつぶ》しに石なとりを教えてやった。すると、よほど嬉しかったのか、菜美は手頃な小石を集めてきては、一日中飽きもせずに弾いて遊んでいた。

半四郎は近所の悪童たちと遊びたかったので、菜美をひとりにすることが多かった。そうしたとき、小さな娘はいつも露地裏で石なとりをしながら待っていた。ひとりで遊ぶ様子が哀しげで、申し訳ない気持ちでいっぱいになったが、半四郎は悪童たちと「捕り物ごっこ」や「戦《いくさ》ごっこ」をして遊びたかった。

切ない思い出だ。

数年前、菜美は何処《どこ》かの武家に嫁いだと、風の噂に聞いた。

きっと、幸せになってくれたにちがいない。

半四郎は我に返った。

娘は石なとりをやめ、じっとこちらをみつめている。

「おめえ、名は」

優しく聞いても返事はない。

「おれは怪しい者じゃねえ。廻り方のおじさんだよ」

朱房《しゅぶさ》の十手をみせると、娘は礼儀正しく返事をした。

「さきと申します」

「この家の子かい」

「はい、何かご用ですか」

親の躾《しつけ》がゆきとどいているのか、しっかりした物言いだ。

「おっかさんは留守かい」

おさきはおちょぼ口をきゅっと結び、答えようとしない。

負けん気の強そうな菜美の顔と重なってみえる。

あらかた調べてきたので、半四郎は即座に事情を察することができた。

娘の母親は、すみれという。木櫛商《きぐししょう》の妾として、色街の吹きだまりに住まわせられている。連れ子のおさきは鬱陶《うっとう》しがられており、旦那が訪ねてきたときは外で遊ぶようにと、母親に命じられているのだ。

「石なとりかい」

「はい」

「その遊び、誰に教わった」

おさきは睫毛《まつげ》を伏せた。

「知らないおじさん」

と、恥じらうように応じてみせる。

そのとき、表口に人の気配が立った。

恰幅《かっぷく》の良い五十搦《がら》みの商人が冠木門《かぶきもん》から顔を出す。

旦那のお帰りか。

半四郎は咄嗟《とっさ》に背を向け、急ぎ足で去っていく旦那をやり過ごした。

「おさき、お家におはいり」

母親らしき女の声が聞こえてきた。

半四郎は振りかえり、大股で冠木門に近づく。

よろけ縞《じま》の紋羽織を纏《まと》った母親が、門口に佇んでいた。

なかなかの美人だ。色白でふっくらした顔は、今が盛りの白木蓮《はくもくれん》をおもわせる。

こぶつきでも妾にしたくなる気持ちはよくわかった。

「すみれさんだね」

名を質《ただ》すと、濡れたような瞳《ひとみ》が曇った。

「わしは定町廻りの八尾半四郎、御用の筋でまいった」

「どうぞ、おはいりください」

「長居はせぬ」

半四郎は敷居をまたぎ、上がり端《はな》に座った。

すみれは一礼をして、奥へ引っこむ。

廊下の隅に、小さな顔が覗いた。

鬼の顔をまねて脅すと、小さな顔は消え、しばらくしてまた覗く。

すみれが熱い茶を淹れてきた。

「どうぞ」

「かたじけない」

ずるっと啜《すす》り、茶碗を置く。

ご用件はと、すみれが目顔で促した。

「されば、鎧戸文五郎《よろいどぶんごろう》という名に聞きおぼえはおありか」

「別れた夫にござります」

「ほう、すると、あの娘は鎧戸文五郎の」

「娘です。なれど、父の顔はおぼえておりますすまい。四年前、ふたつに満たぬころに別れて以来、逢ってはおりませぬゆえ」

「深い事情があるようだな」

「わたしどもは、困窮しておりました」

鎧戸は岸和田藩《きしわだはん》（五万三千石）の江戸留守居役《るすいやく》配下の横目付《よこめつけ》であったが、何事にも筋を通したがる性分《しょうぶん》のせいで煙たがられ、留守居役から意地悪のかぎりを尽くされたあげく、藩を逐《お》われた。

浪人となり、生まれたばかりの娘もふくめて一家三人、江戸で長屋暮らしをはじめたものの、手に職があるわけでもなし、稼ぎのあてもないまま途方に暮れていたとき、大家を介してすみれに妾話が舞いこんできた。

相手の木櫛商はすみれとさきを迎えるにあたって、鎧戸とは今後いっさい逢ってはならぬという辛い条件を付けた。すみれはろくに乳も出なかったので、おさきは充分に栄養を摂取できずに咳ばかりしていた。このままでは先がみえている。一家心中するしかないところまで追いつめられ、鎧戸に選択の余地はなかった。泣く泣く三行半《みくだりはん》を書き、すみれを離縁したのだという。

哀しい事情であった。

すみれはまだ、前夫に未練を残している。

「あの、お役人さま……鎧戸文五郎に何かあったのでしょうか」

食い入るようにみつめられ、半四郎は空唾を呑みこんだ。

「昨晩、根津《ねづ》の居酒屋で喧嘩があってな、酒に酔った浪人者が白刃を抜き、旗本に仕える中間《ちゅうげん》を傷つけた。白刃を抜いた浪人者が鎧戸文五郎であった。わしが縄を掛け、詮議《せんぎ》もした。神妙に罪をみとめたうえで、おまえさんにどうしてもこれを渡してほしいと、鎧戸は懇願しおった」

半四郎は懐中からお守りを取りだし、すみれに手渡した。

「こ、これは」

「内藤新宿の投込寺《なげこみでら》、正受院《しょうじゅいん》のお守りさ」

寺院内には、幼子の咳止めや夜泣きに効験《こうけん》がある奪衣婆《だつえば》の坐像が安置されている。

お守りはぼろぼろで、表の帛《きぬ》は垢まみれだった。

本来なら、捕り方は罪人の願いなど聞いてやる必要もない。ましてや、別れた妻のもとへ同心みずから預かり物を渡しにいくことなど、常識では考えられなかった。

だが、半四郎は足を向けずにはいられなかった。

鎧戸に同情したのだ。最期の願いくらいは聞いてやろうとおもった。清廉《せいれん》であることに徹したあげく、鎧戸は困窮せざるを得なかった。しかし、武士の誇りを捨てきれず、赤貧《せきひん》に甘んじつづけた。そんな男でも、魔が差す一瞬はある。鎧戸は酒に酔って暴れ、気がついてみたら刃で他人を傷つけていた。

仲裁にはいった居酒屋の親爺《おやじ》にも斬りかかり、外へ逃れたところで行きあわせた番士三名に取りおさえられた。偶《たま》さか、南茅場町《みなみかやばちょう》の大番屋で急報を受けたのが、半四郎であった。貧乏籤《びんぼうくじ》を引かされたようなものだ。

番士三名が褒賞《ほうしょう》目当てに手柄を主張したこともあり、鎧戸を見逃す余地はなかった。

すみれは正受院のお守りを握りしめ、懇願するような眸子《まなこ》を向けてくる。

「お役人さま、あのひとはどうなるのでござりましょう」

「神妙にお縄を頂戴したとは申せ、中間に深手を負わせている。罪のない居酒屋の親爺も傷つけた。しかも、無宿者だ。まず、遠島《えんとう》は免《まぬが》れまい」

「そうですか」

すみれは元は武家の妻女らしく毅然《きぜん》と胸を張り、三つ指をついて謝った。

「未練がましい夫の我儘《わがまま》のせいで、気重なお役目をお引き受けいただき、恐縮の極みにございます。この御礼はあらためて」

「礼などいらぬ」

「でも」

「よいのだ、気にせんでいい。失礼する」

半四郎は腰をあげ、重い足を引きずった。

玄関の式台を離れ、冠木門をくぐったところで、嗚咽《おえつ》が漏れ聞こえてくる。

「母上、母上」

小さな娘の呼びかけが、母親の嗚咽に重なった。

「くそっ」

余計なことをしてしまったのか。

半四郎は悪態を吐き、急ぎ足で露地を去った。

二

手入れの行きとどいた庭の片隅には、白い辛夷《こぶし》の花が咲いている。

もうすぐ、桜も見頃を迎えることだろう。

伯父《おじ》の半兵衛《はんべえ》から「顔を出さぬか」と誘われ、半四郎は久方ぶりに下谷《したや》同朋《どうぼう》町の屋敷を訪ねた。

半兵衛は長らく風烈見廻《ふうれつみまわ》り同心をつとめたが、御家人株を売って隠居してから
は知る人ぞ知る「鉢物名人」となり、悠々自適《ゆうゆうじてき》の隠居暮らしを送っている。

他人も羨《うらや》む老入《おいれ》に潤いを与えているのが、おつやという三十路《みそじ》の女だった。

そもそもは、千住宿《せんじゅしゅく》で飯盛女《めしもりおんな》をやっていた。半兵衛が日光詣《にっこうもう》での帰路に立ちよった旅籠《はたご》で見初《みそ》め、大根でも引っこぬくように連れかえった。見掛けは地味だが、情の深さを感じさせる女性である。

半兵衛はおつやのつけた燗酒《かんざけ》を呑み、白い鬢《びん》の縁を赤く染めていた。

「さ、飲《や》れ」

「はあ」

半四郎が注がれた酒を舐めると、ちっと舌打ちをされる。

「なんじゃ、その呑み方は。もっと豪快にやれ」

「はあ、しかし、大番屋に戻って盗人《ぬすっと》の取り調べをせねばなりません」

「酒臭《くせ》え息を吐きながらでは、盗人に申し訳ないとでも」

「いいえ」

「だったら、赤ら顔で大番屋に戻るのが気恥ずかしいのか。近頃の定町廻りはす

っかり睾丸《きんたま》が小そうなりおって、嘆かわしいかぎりじゃわい。ふん、まあよい。ところで、どうなのだ」

「え、どうとは」

「浮いたはなしじゃ。今年も花の咲く気配はなしか」

半四郎は応えず、渋い顔で盃を呷った。

恋い焦がれる雪乃《ゆきの》とは、近頃ますます縁遠くなってゆくような気がする。どうあがいても、恋情《おもい》は通じそうにない。雪乃は奉行直属の隠密に任じられてからというもの、役目に殉《じゅん》じる覚悟でいる。色恋のはいりこむ余地はないのだ。

「世の中にはな、念じても叶わぬことがある。潔《いさぎよ》くあきらめるのも肝要じゃ」

半兵衛らしからぬ意見であった。

頑固爺《がんこじじい》は雪乃から慕われている。それだけに、いずれはいっしょになることを望んでくれているものとばかりおもっていた。

「おぬしも三十じゃ、このあたりで身を固めぬか」

何やら、奥歯にもののはさまったような言いまわしだ。

「伯父上、はなしとは何です」

「縁談じゃ。よりによって、このわしに相談してきおった変わり者がおってな。

誰じゃとおもう」

「さあ」

「白井義右衛門《ぎえもん》よ」

「白井……ああ」

「おもいだしたか」

「ええ、まあ」

奇遇にも、浮世小路の露地裏で脳裏に浮かべた菜美の父親であった。

「還暦《かんれき》を過ぎてもなお、勘定方の役目にしがみついておる。知ってのとおり、義右衛門の亡くなった妻は、わしやおぬしの父にとっては腹違いの妹、義右衛門はわしの義弟じゃ。もっとも、ただの義弟なら頼まれても動かぬが、あの男とは若い時分より馬が合ってな、将棋《しょうぎ》仲間でもある」

頼み事を聞かねば、へぼ将棋を指しにきてくれぬというのだ。

「縁談の相手は一人娘の菜美じゃ。おぬしもまんざら、知らぬ間柄ではなかろう」

「五、六歳の記憶しかござりませぬが」

「そうか。ぬほほ、蛹《さなぎ》は蝶《ちょう》になったぞ。なかなかの縹緻《きりょう》良《よ》しでな、気だての良い娘に育ったわい」

「なれど、何処《いずこ》かへ嫁いだように聞いておりますが」

「それじゃ。つまらぬ勘定役人のもとへ嫁いだが、夫が頓死《とんし》してな。過労が祟《たた》ったのじゃ。夫は役目の最中に白目を剝いて逝《ゆ》き、不浄門《ふじょうもん》から運ばれたそうじゃ。哀れな男よ、日頃の鍛錬《たんれん》が足りなかったものとみえる」

二年前のはなしだった。二十歳で嫁いだ菜美は一年目で不幸に見舞われ、子も授からずに出戻ってきた。

「寡婦《かふ》とは申せ、まだ若い。何とかならぬものかと、義右衛門に頼まれたというわけじゃ」

「どうして、わたしなんぞに」

「ご指名だからよ」

「え」

「目当ての相手でもおるのかと聞いたら、義右衛門がおぬしの名を口にした」

「なんと」

「菜美の正直な気持ちらしいぞ。幼い頃、おぬしに遊んでもらったことを鮮明に覚えておったらしくてな、事に寄せてはそのときの思い出を楽しげに喋るそうだ。おもいきって、義右衛門が意中の者は誰かと聞けば、菜美は恥じらいながらも、おぬしの名を口走った」

半四郎のなかに、甘酸っぱい記憶が甦《よみがえ》ってきた。

「相手が義右衛門でなければ、このような鬱陶《うっとう》しいはなしは受けぬ。されど、ひとつぶ種の愛娘《まなむすめ》がおぬしを慕っていると聞けば、放ってもおけぬであろうが。そこでじゃ、ひと足先にわしが菜美に逢ってきてやった」

「げっ、逢われたのですか」

「逢うくらいなら、よかろうが」

侘《わび》た庵《いおり》で、茶を点《た》ててもらったらしい。

雪乃の出逢いと重なり、あまり良い気がしない。

「これがなかなかどうして、可愛いだけではなかった。芯《しん》のしっかりした娘でな、おぬしとの相性も悪からずと直感した。どうじゃ、逢ってみる気はないか」

「ありません」

即座に言いはなつと、半兵衛は目を丸くする。

「ふほっ、そうきたか。いや、くるとはおもうたが、こうもあっさり断られるとはな。理由は雪乃か」

半四郎は応じず、渋い顔で盃を干す。

さきほどから、咽喉《のど》が渇いて仕方ない。

「高嶺《たかね》の花を追いかけるのも、たいがいにしておけ」

「あきらめろと、仰《おっしゃ》るのですか」

「まあな」

「伯父上らしくもないご意見ですな。何事もあきらめたらいかんと、常日頃から言うておられるではありませんか」

「おなごは別じゃ。引き際が肝心」

「ものは言いようですな」

「わしに楯突《たてつ》くのは百年早いぞ」

楯突く気など毛頭ないが、雪乃が可哀相だとおもった。

半兵衛は雪乃にとって、唯一の理解者なのだ。

「伯父上、裏切られたようなおもいです」

正直な気持ちを吐き、半四郎は暇《いとま》を告げた。

三

桃の節句も終わり、上野山《うえのやま》や墨堤《ぼくてい》で花見が盛んになりつつあるころ、麴町《こうじまち》五丁目から番町《ばんちょう》に向かう物淋しい谷間で、侍の無残な屍骸《むくろ》がみつかった。

半四郎は一報を聞き、さっそく朝靄《あさもや》の晴れきらぬ殺しの現場へむかった。

下り坂の右手は火除地《ひよけち》、左手に広がる荒れ放題の空き地は、神楽坂《かぐらざか》に移った善《ぜん》國寺《こくじ》の朱印地《しゅいんち》跡である。坂下の谷間は善國寺谷とか鈴振谷《すずふりだに》とか、あるいは、芥谷《ごみだに》などとも呼ばれていた。

殺風景な谷底の一隅には黄金色に輝く連翹《れんぎょう》の叢《むら》があり、野次馬が何人か集まっている。近づいてみると、悪臭を放つ芥山のそばに莚《むしろ》が敷かれ、手下の仙三が待っていた。

「八尾さま、こちらです」

「おう」

仙三が莚を捲《めく》ってみせる。

ほとけは胸乳を真一文字に薙《な》がれていた。

「胴斬りか」

一刀で肋骨《あばら》を断たれている。

生々しい金瘡《きず》だ。

「下手人《げしゅにん》はかなりの手練《てだれ》でやすね」

「ふむ」

「ほとけの名は沢尻勇三郎《さわじりゆうざぶろう》、このさきの裏二番町《うらにばんちょう》に住む勘定方の小役人だそうで」

「勘定方の」

「ええ、ほとけをみつけた辻番が顔を知っておりやしてね、てえげえのことは喋ってくれやした。それが何か」

「いや、別に」

白井義右衛門も勘定方なので、ほとけを知っているにちがいないと、咄嗟におもったのだ。

「殺られたのは昨晩でやすね」

沢尻は同僚と上野山へ花見に行き、戌《いぬ》ノ五つ（午後八時）頃、微酔《ほろよ》い加減で帰路についた。

「麴町五丁目から坂道に折れたところを、夜廻りの番太郎がみておりやしてね」

「すると、芥谷で誰かに待ちぶせされたってことか」

「出会い頭《がしら》に斬られたのかも」

「辻斬りか」

「へい」

「殺しをみた者は」

「今んとこはおりやせん」

「手懸《てが》かりは」

「ほとけのそばに、こんなものが落ちておりやした」

仙三は何か、煌《きら》めいたものを寄こす。

「ほう、鬢鏡《びんかがみ》か」

柄の付いた懐中鏡のことだ。

枠の飾りには、匂菫《においすみれ》が描かれている。

「菫か」

「泉州産《せんしゅうさん》の鬢鏡でやしょう」

「高価な品だな」

「殿方の持ち物じゃありやせんぜ」

仙三の指摘するとおり、沢尻の持ち物ではなかろう。

かといって、鬢鏡を携《たずさ》えたおなごが下手人とも考えにくい。

はたして、鏡に映しだされた人物とは誰なのか。

いずれにしろ、鬢鏡が大きな手懸かりとなるにちがいない。

半四郎はもういちど屈み、念入りにほとけを調べはじめた。

と、そこへ。

大柄な人影が近づいてきた。

「おい、町方、そこで何をしておる」

高飛車《たかびしゃ》な物言いに振りむくと、四角い顔の厳《いか》つい侍が仁王立《におうだ》ちしていた。

「幕臣殺しは、町方の与《あずか》りではあるまい」

「失礼ですが、そちらは」

「本丸徒目付《かちめつけ》、青柳蔵人《あおやぎくらんど》じゃ」

「あ、そうですか」

「拙者だけに名乗らせておく気か」

「申し遅れました。南町奉行所定町廻りの八尾半四郎です」

「南町の八尾か、おぼえておこう」

「ほとけの素姓はご存じで」

「知っておるわさ。勘定方の沢尻勇三郎だ。かねてより、役目怠慢《たいまん》との報告を受けておった男でな。ふん、これも天罰よ。おおかた、物盗りか、辻斬《つじぎ》りにでも遭ったのだろうよ」

「お待ちを。物盗りや辻斬りと断じるのは早計かと」

「なぜ」

「懐中を探りましたところ、財布を抜きとられた形跡はございません。様斬《ためしぎ》りのたぐいなら、武士は狙わぬでしょう」

「そうともかぎるまい。花見で浮かれた侍を斬りすてるのは、さほど難しいことではなかろうからの」

「青柳さま、ほとけをようくご覧なされ。大小とも鞘に納まったまま、抜いた形跡はいっさいござりませぬ」

「だからどうした」

「顔見知りの仕業《しわざ》かもしれませぬぞ」

「ふん、ここで廻り方の当て推量を聞いても詮無《せんな》いはなしじゃ。八尾とやら、おぬしはもういい。あとは、わしのほうで始末をつけておく」

「そうですか」

「文句があるなら、上を通じてこい。南町の御奉行は筒井紀伊守《つついきいのかみ》さまであったな」

「はあ」

「紀伊守さまから目付筋にはなしを通してもらったうえで、おぬしの言い分を聞こう。ふふ、それが無理なら余計な詮索《せんさく》はいたすな」

青柳は背を向け、莚のそばに屈みこむ。

半四郎は口惜しさを拭いきれぬまま、その場を去った。

坂を登りつめても、自分の歯軋《はぎし》りが聞こえている。

仙三がたまりかね、声を掛けてきた。

「八尾さま、あの唐変木《とうへんぼく》に任せておいてもよろしいので」

「任せておく気はねえさ」

「え」

「ほら」

半四郎はにやりと笑い、袖口から鬢鏡を取りだしてみせた。

四

菜美と再会する機会は存外に早くやってきた。

といっても、白井邸を訪ねる目的は見合いではなく、幕臣殺しに関する相談だ。

白井義右衛門は、予想どおり、殺された沢尻勇三郎をよく知っていた。知っているどころか、直属の配下にほかならず、奇《く》しくも、伯父の半兵衛を通じて下手人捜しの依頼があったのだ。

「沢尻某の一件は辻斬りの仕業と断じられ、闇から闇へ葬《ほうむ》られる見込みとあいなった。義右衛門としては納得がいかぬ。可愛い部下の死を犬死にと決めつけられたことが、どうにも腹立たしいと申してな」

義右衛門は将棋を指しながら、目付筋への憤懣《ふんまん》を吐露《とろ》した。それなら、いっそ半四郎に相談してはどうかと打診したところ、すっかり気落ちしていた老臣は膝を乗りだしたという。

いずれにしろ、番町の白井邸に行けば菜美とはどうしても顔を合わさねばならず、古狸《ふるだぬき》ふたりに一石二鳥を狙われた感も否めぬものの、半四郎としても無下《むげ》には断れない。義右衛門には聞いてみたいこともある。沢尻殺しについては、依頼のあるなしにかかわらず、首を突っこむ腹でいた。

半四郎は奇妙な宿縁を感じつつ、半兵衛にともなわれて番町へやってきた。

白井邸は御厩谷坂《おんまやだにざか》の坂上にある。

迷路のような番町のなかでは、わかりやすいところだ。

坂上にはかつて、権勢を恣《ほしいまま》にしていた若年寄田沼意知《たぬまおきとも》（田沼意次《おきつぐ》の長男）を城中にて斬殺して「世直し大明神」と崇《あが》められた佐野善左衛門政言《さのぜんざえもんまさこと》の旗本屋敷があった。無論、佐野は改易《かいえき》となったので、他人の手に渡ったが、当時から「番町に過ぎたるもののひとつ」と詠《うた》われた桜の名木は生きつづけている。

御厩谷坂を登ってゆくと、なるほど、見事な「佐野の桜」が塀からはみださんばかりに咲きほこっていた。

「そういえば昨日、雪乃が遊びにきおったぞ」

「はあ」

「どこへ足をはこんでも花見客ばかりでうんざりすると嘆いておったが、愚痴《ぐち》にしか聞こえなんだわい」

「愚痴ですか」

「そうじゃ。隠密御用で年中気を張っておるから、心が疲れておるのじゃろう。口には出さぬがな、好いた相手に誘ってほしいのよ。墨堤を散策するのもよし、大川に花見舟を浮かべるのもよし、誘われて嬉しくないおなごはおらぬ。ま、おぬしのような無粋者に、おなごの気持ちはわかるまい」

半四郎は、ずんと沈んだ気分になった。

雪乃を花見に誘おうなどと、毛ほども考えていなかった。

とりたてて、桜が好きというわけでもない。たしかに、棚引《たなび》く雲のように咲く墨堤の桜並木などには目を奪われるものの、どちらかといえば野辺にひっそり咲く草花のほうに親しみを感じた。

だいいち、わざわざ繰りださずとも、そこにあるがままの桜を愛《め》でればよいだけのはなしではないか。

それにしても、半兵衛が恨めしい。

なぜ、こんなところで雪乃のことを言いだすのか。

半四郎は胸苦しいおもいを抱えたまま、坂道を登った。

「さあ、着いたぞ」

ふたりは冠木門をくぐった。

式台で案内を請うと、もっちりしたからだつきの美しいおなごが応対にあらわれた。

「おいでなされませ」

「おう、これはこれは、菜美どのか」

半兵衛が鼻の下を伸ばす。

「半四郎、ほれ、菜美どのじゃ。義右衛門が自慢するだけのことはある、のう」

目と目が合った途端、菜美はにっこり微笑《ほほえ》んだ。

どきりとする。

黒目がちの大きな瞳は、幼いころのままだ。

廊下の向こうから、義右衛門がよたよたやってきた。

「やあやあ、半兵衛どの、ようお越しになられた。それに、おう、半四郎どのか。お噂はかねがね聞いておったが、ご立派になられたなあ」

義右衛門は大仰《おおぎょう》に感嘆してみせ、半兵衛の手を取るように引きあげた。

「これ、菜美、何をしておる。半四郎どのにも早くあがってもらいなさい。酒肴《しゅこう》の支度はできておるのか」

「はい、父上、できております」

「よし、されば座敷へまいろう。これ、菜美、半四郎どのを案内して差しあげろ」

「はい」

義右衛門は、どうにも落ちつかない。

菜美が苦笑しながら、悪戯《いたずら》っぽく目配せをする。

ことばを交わしたわけでもないのに、長年の空白が一挙に埋まったように感じられた。

奥の六畳間には、三人分の膳が用意されてあった。

義右衛門は半兵衛を上座《かみざ》に置き、さっそく酌をする。

菜美は奥とのあいだを行き来し、熱燗《あつかん》や酒肴をはこんだ。

「贅沢《ぜいたく》なものは何ひとつないが、くつろいでいただきたい。何よりもまずは、ようこそお越しくだされた」

半四郎も酌を受け、盃を一息に干した。

どうにも、菜美のことが気に掛かって仕方ない。

が、来訪の目的はちがうと、みずからに言い聞かせた。

「半四郎どの、何年ぶりかの」

「二十年近くになろうかと。すっかり、ご無沙汰《ぶさた》してしまいました」

「さようか。長い年月も過ぎてみれば一日のことのようじゃ。菜美を貴家《きか》で預かってもらったときのこと、おぼえておいでか」

「はい」

「そうか。あのときのことは、今でも感謝しておる。なにせ、白井家は断絶の憂《う》き目《め》に瀕《ひん》しておったからなあ」

「断絶ですか」

「思い出したくもないはなしゆえ、長らく語らずにおいたが、まあ、今となってみれば良き人生の教訓を得たとも言えよう。わしはあのとき、突如として甲州《こうしゅう》勤番《きんばん》を命じられた。山流しにあったのさ」

勘定方であった義右衛門は、とある藩の不正をしめす裏帳簿を偶然にもみつけた。その一件を上役にはかったところ、余計な詮索は慎《つつし》めと叱られ、それでもあきらめずに調べをつづけていると、ほどなくして更迭《こうてつ》の沙汰が下されたのだという。

「あのころのわしは若かった。触れてはならぬものに触れたのだ」

甲州に流された三年のあいだ、菜美は病弱な母親の手許を離れ、親戚じゅうを盥回《たらいまわ》しにされた。

義右衛門が江戸へ戻されたのは、奇蹟《きせき》としか言いようのないことだった。更迭にした上役の不正が暴《あば》かれ、それと同時に、冷や飯を食わされていた連中が元の鞘におさめられた。義右衛門も、そのなかにふくまれていたのだ。

「山流しのおかげで、出世は望むべくもなくなった。喩《たと》えてみれば、わしは弾かれた小石のようなものさ。はは、この年になっても勘定方の組頭《くみがしら》よ。貧乏暮らしから抜けだせず、七《なな》つ屋《や》（質屋）とは顔見知りの間柄じゃ。ま、父親の口から言うのも何じゃが、菜美にはひとかたならぬ苦労を掛けた」

義右衛門は喋りながら、洟水《はなみず》をしきりに啜った。

「すまぬ。余計なはなしをお聞かせした。半兵衛どのよりお聞きおよびかとおもうが、今日お呼びしたのは沢尻の件じゃ」

「はあ」

「殺された沢尻勇三郎は年若いわりにしっかりした男でな、砂糖納入に関する不正を内々に調べておった」

「砂糖ですか」

「半季に一度、お城の納戸方《なんどかた》が御用商人から大量に購入するのじゃが、この五年というもの、不当な高値で納入されておった。偶さか裏帳簿を入手したことで、沢尻はそのことに気づいたのじゃ」

気づいてしまった以上、追及するのが筋だが、このことが表沙汰になれば、利益を得た者以外でも、気づかずに見過ごしていた罪を問われ、腹を切らねばならぬ者が出てくる。

ゆえに、お上は沢尻の動きを察知し、圧力を掛けてきた。

「あの莫迦《ばか》、これに反撥《はんばつ》しおったのよ。ふん、わしの若いころによう似ておった」

正義を振りかざす心意気ばかりが空転し、危なっかしくて見ていられない。

「わしは何度も説きふせ、調べをやめさせようとした。あやつの身を案じてのことじゃ。されど、沢尻は追及をやめなんだ。そのうち、怪しい影に付きまとわれるようになった。おおかた、目付の連中であろう。不正を暴かれては困るお偉方の意志を受け、沢尻をつけ狙っておったのさ」

青柳蔵人の慇懃無礼《いんぎんぶれい》な態度が、半四郎の脳裏に浮かんでいた。

「目付はあてにできぬ。というより、敵方におるものと考えてよかろう」

「敵というのは誰です」

「それがいまひとつ、判然とせぬ。沢尻はわしをうるさがり、中途から何ひとつ語らなくなった。ただし、通夜に妻女のもとを訪ねたら、不正に関する書置きが遺されておってな。そのなかに、鍵を握る者の名が記されておった」

「ほう」

「御納戸頭《おなんどがしら》、中嶋良之輔《なかじまりようのすけ》。家禄三千石の御大身《たいしん》じゃ」

「これはこれは」

黙って酒を舐めていた半兵衛が、驚いた顔をしてみせる。

「さよう、御納戸頭は中奥《なかおく》においては影の老中とも目される大物、われわれのごとき軽輩なぞ近づくこともできぬ。されど、ここで手をこまねいておったら武士の名折れ、老い耄《ぼ》れにもまだ気骨のあるところをみせてやりたい。そう、おもいましてな」

「ふほっ、おもしろい」

半兵衛は子供じみた合いの手を入れ、こちらに笑いかけてくる。

半四郎は、重々しい口調で訊いた。

「御納戸頭に取りいった御用商人の素姓は、記されておりませなんだか」

「残念ながら、それがわからぬ。砂糖と櫛を扱う商人とだけしか記されておらぬでな」

「砂糖と櫛」

「ふむ。まるで、謎掛けのようであろう」

「そうですね」

「ともあれ、沢尻は砂糖絡みで口を封じられたにちがいない。半四郎どの、根は深そうじゃが、沢尻を葬ったのは何者なのか、調べてはもらえぬだろうか。無論、町方の与りでないことは承知のうえでのはなしじゃ」

「調べるのは吝《やぶさ》かではございません。ひとつ、お聞きしても」

「何なりと」

義右衛門は襟《えり》を正す。

「されば、下手人の目星がついたときは、どうなされます」

「教えてほしい。ありのままをな。わしは、沢尻の恨みを晴らしてやりたい。恨みを晴らさぬかぎり、死んでも死にきれぬ」

半四郎は意気に感じたが、一方では、白井義右衛門の危うさを憂《うれ》えた。目付をも動かすことのできる御納戸頭が悪党の親玉なら、正面から立ちむかっても闘うことのできる相手ではない。

何よりも半四郎は、菜美が巻きぞえになってしまうのを恐れた。

五

翌日、半四郎は南茅場町の大番屋を訪ね、信じられないはなしを耳にした。

声を掛けてきたのは同僚の定町廻りで、米倉又作《よねくらまたさく》という所帯持ちの四十男だ。

「八尾、聞いたか」

「おぬしが捕まえた浪人者がおったであろう。ほれ、喧嘩で中間を斬ったとかいう」

「鎧戸文五郎なら、三日前に牢送りにしましたが」

「おぬし自身でか」

「ええ、入牢証文《じゅろうしょうもん》をちゃんと付けて、牢屋同心に渡しましたよ」

「何刻だ」

「正午過ぎでした」

「入牢は暮れ六つ、それまでは牢庭《ろうてい》に繋がれておったわけだな」

「まあ、そうなりますね」

「すると、半日のあいだに何かあったな」

米倉は思案顔をする。

「何かあったとは、どういうことです」

「上の息が掛かったということさ。鎧戸とか申す浪人、解きはなちになったと聞いたぞ」

「まさか」

半四郎は絶句した。

鎧戸の罪状は動かし難い。居酒屋の親爺や取りおさえた番士三名の証言もある。慎重に取り調べをおこない、罪を認める本人の口書《くちが》きも取った。そのうえで入牢願いを申請し、奉行の花押《かおう》が捺《お》された入牢証文を携え、鎧戸を送りとどけたのだ。

手続きに何ら落ち度はなかった。

「やはり、上の意志がはたらいたとしか説明がつかぬな」

「証文紙も貰ったのですよ」

「花押を捺したお方が裏で手をまわしたのさ」

「御奉行が」

「ちがう、御奉行ではない。御奉行に花押を任されている御仁は誰だ」

「年番方筆頭与力《ねんばんかたひっとうよりき》、福部仁左衛門《ふくべじんざえもん》さま」

「そのとおり。おぬし、顔を潰された恰好だぞ」

怒りというより、どうしてという疑問がわいてくる。

筆頭与力といえども役人のひとり、勝手気儘《かってきまま》に罪人を解きはなってよいはずもない。

こんなことをして、いったい、何の利益があるというのだ。

「大きな声では言えぬが、福部さまについては以前から良からぬ噂がある」

「良からぬ噂」

「金のためなら何でもする。要は、そういうことさ」

何者かに賄賂《まいない》を贈られ、鎧戸文五郎を娑婆《しゃば》に放ったのだ。

そうだとすれば、看過《かんか》できぬ。

「八尾、逆らってはならぬぞ。御奉行は替わっても、年番方与力は替わらぬ。福部さまはな、奉行所に根を生やした悪霊《あくりょう》のごとき御仁にほかならぬ。逆らった者は、ただでは済むまい。潰されるぞ」

ふん、かまうものか。

半四郎は袖をひるがえし、その足で数寄屋橋《すきやばし》の南町奉行所にむかった。

玄関口で福部への案内を請うと、北端にある年番部屋で待つようにとの指示があった。

四半刻《しはんとき》（三十分）ほど待っていると、黒羽織を纏った偉そうな人物がやってきた。

赤ら顔で頬は垂れさがり、目は鳥のように丸い。

雉《きじ》だなと、八尾半四郎はおもった。

「おう、八尾半四郎か。ちょうどよい、おぬしにはなしがあった」

「鎧戸文五郎の件ですな」

「いかにもそうじゃ。捕縛に関わったおぬしには、事前に断っておくべきであったが。鎧戸某は解きはなちになったぞ」

「福部さま、いったい何があったのです」

「事情は聞くな、おぬしが知らずともよいことじゃ」

「そうはまいりませぬ」

「生意気なことを抜かすな。おぬしは一介の同心、わしは奉行所の屋台骨《やたいぼね》を支える筆頭与力ぞ。おぬしの意見なぞ聞きとうもない。鎧戸某はわしの一存で解きはなちにした。それだけのことよ」

「得心《とくしん》できませぬ」

「ふふ、八尾よ、近《ちこ》う寄れ」

「は」

半四郎が膝を躙《にじ》りよせると、福部は小狡《こずる》そうに笑った。

袖口から奉書紙《ほうしょがみ》の包みを取りだし、畳に滑らせる。

「二十両ある。取っておけ」

「わかりませんな。それは何です」

「有り体《ありてい》に言えば口止め料じゃ。この一件はなかったことにする。それゆえ、おぬしのしでかした手違いも不問にいたす」

「な、手違いとはどういうことです」

「黙れ。さあ、それを懐中に入れて去れ。花見にでも行くがよい」

「嫌でござる」

半四郎は、血が滲《にじ》むほど拳を握りしめた。

福部は、やれやれといった顔で溜息を吐く。

「八尾よ、世の中はおもいどおりにいかぬことばかりじゃ。この一件に首を突っこむな。芥谷あたりで屍骸になっても知らんぞ」

「芥谷ですと」

声を荒らげると、福部は口を噤《つぐ》んだ。

しまったという顔をしている。

「ともあれ、去るがよい」

「ふん、はなしにならぬ」

半四郎は鼻を鳴らし、腰をあげた。

「待て、何じゃ、その態度は。わしは筆頭与力ぞ」

「あんたが何さまだろうが、許せぬものは許せぬ」

「何じゃと。八尾、つけあがると痛い目にあうぞ。このくそだめが」

背中に罵声《ばせい》を浴びせられたところで、振りむきもしない。

半四郎は床を踏みぬくほどの勢いで、廊下を渡りきった。

怒りのはけ口もみつけられず、顳顬《こめかみ》をひくつかせている。

あきらかに、福部は袖の下を受けとった。

それにしても、いったい何のために、一介の浪人を解きはなたねばならぬのだ。

ここはひとつ、頭を冷やして考えねばなるまい。

さきほどから、何かが引っかかっている。

――芥谷あたりで屍骸になっても知らんぞ。

と、福部は口を滑らせた。

番町の芥谷で屍骸になったのは、白井義右衛門配下の沢尻勇三郎にほかならない。沢尻は砂糖納入に関わる不正を調べているさなか、何者かによって消された公算が大きい。

遺体のそばには、下手人の持ち物とおもわれる鬢鏡が落ちていた。枠飾りに描かれていた花は、ちょうど今頃、紫色の可憐な花を咲かせる匂菫であった。

「すみれ」

色白のふっくらした顔が、ぽっと脳裏に浮かんだ。

鎧戸文五郎の元妻、今は木櫛屋の妾になっている女の顔だ。

半四郎は胸騒ぎをおぼえた。

鎧戸は浪人する以前、岸和田藩の藩士であったという。岸和田藩の名産品といえば、木櫛である。江戸市中で売られている木櫛の九割方は、同藩でつくられた和泉《いずみ》産と考えてよい。さらに、同藩の名産品としては、鬢鏡も遍《あまね》く知られていた。

それだけではない。

岸和田藩と関わりの深い嗜好品《しこうひん》には、砂糖がある。藩をあげて甘藷《かんしょ》の栽培を推進し、大量に生産された砂糖を幕府にも納入している。

――砂糖と櫛。

殺された沢尻勇三郎は書置きのなかで、御用商人の扱う品目をそう記した。

沢尻が調べていたのは、岸和田藩の御用商人であったのかもしれない。

解きはなちになった鎧戸文五郎と殺された沢尻勇三郎、一方は岸和田藩に逐われ、一方は岸和田藩に関する不正を調べていた。

ふたりは目に見えぬ糸で繋がっているのではあるまいか。

そんな気がしてならない。

「砂糖と櫛か」

半四郎は獲物を捉えたような目で、もういちどつぶやいた。

思い浮かべているのは、浮世小路の妾宅から足早に去る商人の面影だ。

「たしか、難波屋《なんばや》といったな」

木櫛を一手にあつかう大店である。所在はわかりやすい。天下祭りの開催される日吉山王大権限《ひよしさんのうだいごんげん》の門前町に店を構えている。

半四郎は大名屋敷の連なる大路を突っきり、溜池のほうへ足を向けた。

六

山王台地は星ノ山《ほしのやま》と称する丘陵で、眼下には瓢箪形《ひょうたんがた》の溜池が拡がっている。門前町は社《やしろ》の北西に位置し、門を出ると、くの字に曲がった坂道がつづいていた。

三《さん》べ坂《ざか》である。

由来はおもしろい。

坂の周辺に「べ」のつく大名家が三つある。ひとつは武蔵岡部藩安部家《むさしおかべはんあべけ》、ふたつ目は和泉伯太藩渡辺家《はかたはんわたなべけ》、そして三つ目が和泉岸和田藩岡部家《おかべけ》であった。

何のことはない、門前町に店を構えた難波屋は、岸和田藩の御用達《ごようたし》なのだ。

それも、ただの御用達ではない。主人の嘉平治《かへいじ》は苗字帯刀《みようじたいとう》を許され、融通方《ゆうずうかた》という重要な役目を担っていた。あつかいは藩士である。なかなかの大物で、藩の特産品である木櫛のみならず、砂糖の生産卸《おろ》しにも携わっており、当然のことながら、幕府の納戸方とも通じていた。

御納戸頭の中嶋良之輔に取りいるとすれば、難波屋嘉平治ほどぴたりと当てはまる人物はおるまい。

半四郎は難波屋の人となりを見定めるべく、店を訪ねる機会を窺った。

門前町にも、見頃を迎えた桜は何本か咲いている。「佐野の桜」にはおよばぬものの、行き交う人々の目を盗むほどのものではあった。

半刻ほど待って主人がいるのを確かめ、半四郎は木櫛屋の敷居をまたいだ。

手代に取次を請い、上がり框《かまち》に座る。

箒《ほうき》を握った丁稚《でっち》小僧が、怪訝《けげん》な顔をしてみせる。

半四郎は笑いかけたが、莫迦らしくなってやめた。

奥から騒々しい跫音《あしおと》が聞こえ、恰幅の良い丸顔の男があらわれた。

嘉平治である。

浮世小路で目にしたときとはちがい、図太さを絵に描いたような印象だ。

しかも、上方訛《かみがたなま》りでねっとりと挨拶をする。

「手前が難波屋の主人だす。何ぞご用でっか」

「ちと、伝えておきたいことがあってな。おぬし、浮世小路に妾を囲っておろう」

「へえ、それが何か。お江戸では妾を囲うんが罪になりまんのかいな」

難波屋は首を突きだし、大仰に眸子《まなこ》を剝いてみせる。

「まあ、落ちつけ。妾の名はたしか、すみれと申したな」

「へえ」

「旦那だった男のことを、おぼえておるか」

「風体はうろおぼえでんな。名はたしか、鎧戸文五郎」

「さよう、その鎧戸文五郎に恨まれるおぼえは」

「ふほほ、わてが何で恨まれなあかんのや。亭主には大金を握らせましたんや。感謝されこそすれ、恨まれるおぼえなんぞあらへんわ」

「そうかい。なら、無駄足だったな」

「無駄足て、どういうことでっしゃろ」

「鎧戸文五郎は盗みの咎《とが》で縄を打たれた。ところが三日前、さしたる理由もなく、解きはなちになったのよ」

「ほほう、妙なはなしやなあ」

「おぬしに恨みがあれば、この辺りをうろつくかもしれぬとおもうてな、老婆心ながら忠告にまいったまでのこと」

「おやおや、それはありがたいことで」

「邪魔したな」

「お待ちを」

難波屋は立ちあがり、つっと身を寄せてきた。

肥えたからだつきに似合わず、素早い動きだ。

半四郎の袖口に手を突っこみ、小判をじゃらじゃら掻きまぜてみせる。

「旦那、目当てはこれでっしゃろ。それならそうと、仰ってくだされはええのに」

むかっ腹が立ってきた。

怒りを抑えきれず、難波屋を押したおす。

袖を裏にしてひっくり返すと、小判が三枚、土間に跳ねた。

「うわっ、もったいない。どないしはりましたん」

「どないもこないもない。おれは施《ほどこ》しを受けにきたわけじゃねえ」

呆気《あっけ》にとられている難波屋を残し、半四郎は大股で敷居をまたいだ。

外に出ると、裾を払うように風巻《しまき》が吹きぬけた。

見上げれば、花吹雪《はなふぶき》が舞っている。

「あの野郎」

難波屋嘉平治が鍵を握る人物であることはまちがいない。

半四郎はあれこれ考えながら山王権現へ戻り、参道を横切って溜池に通じる細道をすすんだ。

わずかに下っている。

右手は鬱蒼《うっそう》とした山王の杜《もり》、左手には武家屋敷の海鼠塀《なまこべい》が繋がっていた。

山王権現門前や境内とくらべれば人影もまばらで、どちらかと言えば物淋しい道だ。

「おい」

塀の途切れた辻陰から、不意に声を掛けられた。

「ん」

振りむくと同時に、白刃が襲いかかってくる。

一瞬、避けるのが遅れた。

「うぬ」

胸元に鋭い痛みが走る。

二撃目を躱《かわ》すべく、地べたに転がった。

一回転して起きあがり、片膝立ちで白刃を抜く。

襟元は断たれ、格子縞《こうしじま》の中着は血で濡れていた。

が、さほどの深手ではない。それは感触でわかる。

凶刃を振るった相手は肘を張って八相に構え、上からじっと睨みつけていた。

「おぬしは」

みおぼえがある。

本丸徒目付、青柳蔵人にほかならない。

「わしの胴斬りを躱すとはな。褒《ほ》めてつかわす」

「てめえに褒められても、嬉しくもなんともねえ」

「空元気《からげんき》か。おぬし、八尾とか申したな、何を嗅ぎまわっておる」

「嗅ぎまわられて都合のわるいことでもあんのか。おい青柳、てめえは難波屋の何だ。ひょっとして、用心棒じゃあるめえな」

「訊いておるのはこっちだ。おぬし、誰の命《めい》で動いておる」

「誰の命でもねえ。悪事の臭いがすれば探る、そいつが十手持ちの役目さ」

「それなら、余計な問いかけはすまい。死ね」

鋭い踏みこみから、水平斬りが繰りだされた。

「いえいっ」

これを上段から叩きおとすと、胸に痛みが走った。

だが、隙をみせれば、確実に仕留められる。

半四郎は先手をとり、二段突きを見舞った。

刃と刃が噛みあい、火花が激しく散った。

「つおっ」

なおも突く。

突きまくり、留めは上段から斬りおとす。

「なんの」

青柳も渾身《こんしん》の力を込め、半四郎の一撃を弾いた。

「けえ……っ」

弾かれた勢いで反転し、下段から白刃をせぐりあげる。

「うぬっ」

切先が青柳の鬢《びん》を削った。

つぎの瞬間、ふたりのからだはぱっと離れた。

「ふん、やりおる」

青柳は顳顬《こめかみ》に流れる血を舐めた。

「斬りおとしを使ったな。小野派一刀流《おのはいっとうりゅう》を修めたのか」

「免許皆伝《めんきょかいでん》さ」

「なるほど、舐めてかかったわい。この勝負、預けておくことにしよう」

「逃げるのか」

「逃げやせぬ。近いうちに決着をつけてやる」

「待て。おぬし、沢尻勇三郎殺しを隠したな。誰に頼まれた、難波屋か」

「腐れ商人ごときに尻尾《しっぽ》は振らぬわ」

「おぬし、幕臣の不正を裁く徒目付であろうが」

「ぬはは、若いころは忠義一筋に生きたこともあったがな、金の味を知ったら何もかもが莫迦らしくなった。忠の一字をくそだめに捨てたら、途端に生きることが楽しくなったのよ」

「下郎め」

「何とでも抜かせ。つぎに会ったときが、おぬしの死ぬときだ。脅しではないぞ。首を洗って待っておれ」

青柳はこちらに背を向けるや、たたたと小走りに駆けてゆく。

半四郎は傷ついた胸を抱え、地べたに片膝を突いた。

刀を支えにして頭を垂れ、荒い息を吐く。

「くそっ、手強《てごえ》え野郎だぜ」

遠ざかる背中が霞《かす》んでみえた。

七

夕暮れになって八丁堀の自邸に戻ると、母の絹代《きぬよ》が嬉しそうに声を掛けてきた。

「おや、今日はずいぶん早いのねえ」

「そうですか」

「夕餉《ゆうげ》の支度、できておりますよ」

「はあ、それはどうも」

「今宵は差しむかいですね」

などと、絹代は臆面《おくめん》もなく言ってのける。

膳につくと、ほかほかのご飯と味噌汁が出された。

白米を炊くのは朝だけなので、夕餉に炊きたての白米はめずらしい。

おかずは旬の平目《ひらめ》、刺身と煮付けが用意されている。

それにどうした風の吹きまわしか、熱燗まである。

「さ、今日も一日、ごくろうさまでした」

母親に酌をされ、何やら照れくさくなった。

夕餉をともにするときは、こうして絹代が酌をする。それは父や兄が生きていたころからの習慣ではあったが、どうにもそれが嫌で、夜廻りのついでに夕餉を済ますこともあった。

「わたしのせいかしらね」

絹代は酌をしながら、ほっと溜息を吐いた。

「おまえさまがいつまでも、お嫁さんを迎える気にならないのは」

何を詰まらぬことを喋っているのだ。

半四郎は盃を置き、飯のかたまりを口に抛りこんだ。

「おまえさまが雪乃さんを好いているのは存じております。ええ、そりゃ母親ですもの。口に出さずともわかりますよ。たしかに、雪乃さんは立派なお方です。でもね、おまえさまのお嫁さんに向いているかどうかとなれば、はなしは別ですよ」

いつもなら席を立つところだが、今夜は腹を空かしているので、おもいとどまった。

「そうねえ、たとえば縁のあるお方で申せば、むかし我が家で預からせてもらった可愛らしい娘さんがいらしたでしょう。ほら、白井義右衛門どのの一人娘、菜美さん、おぼえておいでかい」

「ええ、まあ」

「母はあのとき、菜美さんをじつの娘のようにおもっておりました」

「母上」

半四郎は苛立たしげに汁椀を置いた。

「どうして今頃、そんなはなしをされるのです。もう、二十年近くも前のことでしょう」

「だって、菜美さん以外に浮かばないのですよ」

「さては、下谷の伯父上に焚《た》きつけられましたな」

「ええ、そうですよ。昨日、半兵衛どのが訪ねてこられ、菜美さんのことを滔々《とうとう》とおはなしになられました。半兵衛どのも、おまえさまをご案じなのですよ」

いまいましい爺《じじい》め。

半四郎は飯を抛りこみ、渋い顔で咀嚼《そしやく》する。

「何でも、先さまはおまえさまのことを気に入ってくれているとか。わたしはかまいませんよ。遠い親戚だろうが、出戻りだろうが、隣近所に何を言われようが、いっこうに。菜美さんなら、きっと良いお嫁さんになってくれるはず」

「お待ちを。母上、ひょっとして会われたのですか」

「いいえ、会ってはおりません。でもね、昨日は天気が良かったものだから、半兵衛どのに誘われ、久方ぶりに墨堤の花見に向かいました。長命寺《ちようめいじ》の近くで水茶屋にはいりますとね、赤い毛氈《もうせん》の敷かれた床几《しようぎ》の奥に、義右衛門どのと菜美さんがお座りになっておられましてね、遠くからご様子を窺ったのですよ」

「伯父上が仕組んだのですな」

「ま、よいではありませぬか。菜美さんはね、桜餅《さくらもち》をさも美味《おい》しそうに食べておいででしたよ。お父上も嬉しそうでね、とっても微笑ましい光景でした。ま、義右衛門どのも淋しくおなりでしょうが、これぱっかりは娘をもつ父親の宿命ですから、覚悟はできておいででしょう。半四郎、そなたはどうなの」

と聞かれても、重い溜息で返答するしかない。

こんなふうに外堀を埋められれば、なおさら、反撥したくもなる。

それに、雪乃への恋情は微塵《みじん》も翳ってはいなかった。

「意地を張るのはおやめなさい。男と女はみんな赤い糸で結ばれているのですよ。誰であっても、運命《さだめ》に逆らうことはできませぬ」

厳しい口調で言いはなち、絹代は奥へ引っこんだ。

と、そこへ、訪ねてきた者がある。

絹代が血相を変えて、部屋へ立ちもどってきた。

「半四郎、菜美さんですよ」

「え」

「深刻なご様子です。早く行っておあげ」

半四郎は箸を置き、廊下に飛びだした。

玄関先に佇む菜美は髪を乱し、顔色も冴えない。

「菜美どの、どうなされた」

「父が、連れてゆかれました」

「え」

「ついさきほど、徒目付の方々が家にあらわれ、問答無用で父を連れだしたのでございます」

菜美はわけもわからず、途方に暮れた。そのとき、義右衛門のことばをおもいだしたのだという。

「万が一のときは、半四郎さまのもとを訪ねよと、父はそう申しました。ゆえに、ご迷惑も顧みず……う、うう」

菜美はやっとのことで喋り、土間に泣きくずれた。

絹代が裸足《はだし》で飛びおり、菜美の肩を抱きかかえる。

「しっかりなさい。気をしっかりもつのです」

「は、はい」

菜美はこっくりと頷き、涙目を向けてくる。

半四郎はおもわず、目を逸らしてしまった。

どうする。どうすればいい。

頭のなかが真っ白になり、何ひとつ考えられなくなった。

八

白井義右衛門に掛けられた嫌疑は御用金の使いこみか何かであったが、調べてもはっきりしない。

罠に塡《は》められたのだ。

砂糖納入に関わる不正に首を突っこみ、何らかの確証をつかんだのかもしれない。

ところが、相手方に動きがばれ、先手を打たれた。

目付筋を動かすことのできる大物はかぎられている。

御納戸頭の中嶋良之輔なら、立場上、できぬことではなかろう。

白井邸に踏みこんだ徒目付のひとりは、青柳蔵人の風貌と一致した。

御納戸頭に徒目付、それに町奉行所の年番方筆頭与力にいたるまで、権力の側にある者たちが悪事に蓋をしようとしている。すべては金だ。岸和田藩の砂糖納入に関して大きな権限を握る難波屋から、大金が渡っているのだ。

悪事の筋がみえたからといって、一介の廻り同心に何ができるというのか。

敵方の顔ぶれをみれば、どうあがいても太刀打ちできそうにない。

焦りだけが募《つの》るなか、半兵衛から来訪を促す使いがやってきた。

藁《わら》にも縋《すが》るおもいで足を向けてみると、おもいがけない相手が縁側に座っていた。

雪乃である。

「半四郎さま、おひさしぶりでございます」

「やあ、これはどうも」

半四郎は頭を掻きながら、板間に座った。

「おつや、おつや」

半兵衛が声を張りあげる。

おつやがすぐさま、燗酒と酒肴を盆に載せてやってきた。

「ふたりとも、まずは一献《いっこん》」

と促され、半四郎と雪乃は盃をかたむける。

「ぬほほ、三三九度のようじゃな」

半兵衛の軽口が、胸にぐさりと刺さった。

半四郎はむっとしながら、口をひらいた。

「伯父上、昨日、義右衛門どのが目付筋に連れさられました」

「ふん、まじめくさった顔をしおって。そんなことは疾《と》うに知っておるわ」

「ご存じでしたか」

「おぬしは頼りにならぬゆえ、雪乃に調べてもらったのよ」

「え、雪乃どのに」

「何じゃ、不服か」

「い、いいえ」

「雪乃は隠密じゃ。探索はお手のものじゃからの。では、雪乃、こやつにはなしの筋を教えてやってくれ」

「かしこまりました」

いまだ調べの途上であると前置きし、雪乃は砂糖納入に関わる悪事のからくりを語りはじめた。

予想どおり、悪党の親玉は御納戸頭の中嶋良之輔であった。岸和田藩の御用商人、難波屋嘉平とはかって、法外な高値で砂糖を納入させ、難波屋から差益を還元させた疑いが浮上していた。簡単に言えば、巧みな公金横領である。

これを偶然にみつけた沢尻勇三郎は、口封じのために殺された。命じたのは中嶋でまちがいなかろうが、凶刃を振るった者は判然としない。いずれにしろ、目付筋の誰かが関わっている疑いは濃い。

と、そこまでは、半四郎にとっても目新しい内容ではなかった。

だが、雪乃のはなしは、これで終わりではない。

「昨日の朝、赤坂門寄りの溜池淵に老臣の遺骸《むくろ》が浮かびました。姓名は梶山織《かじやまおり》部《べ》、岸和田藩の留守居役です」

砂糖会所を仕切る融通方支配も兼ねていた重臣であるという。

「難波屋のような御用商人を束ねる要《かなめ》ですが、融通方の商人たちにとっては目の上のたんこぶでもあったらしいのです」

梶山は商人たちに公然と賄賂を要求し、意に添わぬ商人は次々に切り捨てていった。理不尽《りふじん》のかたまりのような人物だったらしい。

「梶山は一刀のもとに胴を斬られていたそうです」

「胴を」

「はい。勘定方の沢尻勇三郎が斬られた手口と同じです。でも、梶山織部はまがりなりにも岸和田五万三千石の江戸留守居役、沢尻のように容易には仕留められませぬ。腕が立つのはもちろん、藩内の事情に精通し、留守居役の動静を把握《はあく》する術《すべ》を心得た者でなければ難しゅうございます」

「藩内の事情に精通している者」

「下手人はおそらく、藩士か元藩士のどちらかでしょう」

「元岸和田藩士か」

脳裏に浮かんだ顔はひとつ、顴骨《かんこつ》の張った鎧戸文五郎の顔だ。

「半四郎さま、どうなされました。誰か、おぼえのある者でもございましたか」

「じつは、ひとりいる」

鎧戸の素姓と関わった経緯を、半四郎はかいつまんで説明した。

雪乃はじっと聞きおえ、何度も頷いてみせる。

「なるほど、その鎧戸文五郎なる元藩士が鍵を握っていそうですね。順序立てて考えてみましょう。まず、鎧戸は何らかの使命を負っていたと考えるべきでしょう。ところが、予期せぬ事態が起こった」

居酒屋で酔った拍子に喧嘩をし、白刃を抜いて他人を傷つけ、半四郎に縄を打たれてしまった。

鎧戸は焦った。このままでは、使命を果たすことができない。

「そこで、まずは何をさておいても、自分が捕まったことを依頼主に報せなければなりませんでした」

「待ってくれ。おれがひと役買ったと言いたいのか」

「そうです。咳止めに効験のある奪衣婆のお守りを携え、浮世小路の妾宅へ向かわれましたね」

たしかに、前妻のすみれを通じて捕縛の件が伝わったとしか考えられない。

「ふうむ、まんまと一杯食わされたか」

「そのようですね」

鎧戸も必死だったにちがいない。

何らかの使命を果たせば、酬《むく》いられることになる。

すみれもそのことを承知していたからこそ、仲介役を引きうけたのだ。

半四郎は情にほだされ、使い役を買ってでた。

おかげで悪党どもが裏で手をまわし、鎧戸は解きはなちとなった。

いったい誰が、どういう目的で解きはなちにしたのか。

「そこですね。ようやく、核心にたどりつきました」

「やはり、依頼主は難波屋か」

鎧戸は前妻のすみれを通じて、難波屋嘉平治に捕まったことを報せたかった。

「そう考えるべきでしょうね。鎧戸は妻を買った憎たらしいはずの商人から、重要な依頼を受けていた。もしかしたら、それは岸和田藩の留守居役殺しと関わりがあるのかもしれません」

「留守居役は胴斬りで殺《や》られた」

「同じ胴斬りでも、沢尻勇三郎を殺《あや》めた人物は別だとおもいます。おそらく、青柳蔵人とかいう徒目付でしょう」

確乎《かっこ》とした根拠があるわけではなかったが、半四郎も雪乃と同じ考えだった。

「少々入りくんだはなしですが、ふたつの殺しは繋がっていないようで、じつは繋がっています」

御納戸頭にとって、悪事を暴こうとする沢尻は邪魔な存在だった。一方、悪事のからくりを知る岸和田藩の留守居役も鬱陶しい存在だった。たとえば、法外な分け前を要求されたとか、消しさりたい理由はあったにちがいない。

しかし、手懐《てなず》けた徒目付の青柳を使うには危険が大きすぎる。

そこで、難波屋とはかって、元藩士の鎧戸文五郎を使うことにした。

ところが、鎧戸がへまをして捕まったのを知り、難波屋は焦った。

御納戸頭に相談すると、間髪を容れず、奉行所へ圧力が掛けられた。

雪乃は大筋を描き、ほっと溜息を吐く。

「まさか、年番方筆頭与力の福部さまが受け皿になっていたとは。御奉行がお知りになれば、さぞかし、お嘆きになるでしょう。もちろん、福部さまはしたたかな古狸です。御納戸頭の依頼だけで動くような御仁ではありませぬ。難波屋から心を動かされるだけの賄賂があったとみるべきです」

「くそっ、あの屑野郎」

「捨ておけませぬ。でも、福部さまはこの一件の本筋には関わっておらず、やはり、裁かねばならぬのは、砂糖納入に絡んで私腹を肥やしている御納戸頭の中嶋良之輔と難波屋嘉平治、そして、飼い犬の青柳蔵人にほかなりませぬ」

「鎧戸文五郎は、どうであろうな」

「難波屋の依頼を果たしたのならば、やはり、裁かれねばなりますまい。ただ、鎧戸にも留守居役を断らねばならぬ理由があったのかもしれませぬ。これは勘ですが、藩を逐われたことと関わっているのかも。どっちにしろ、うまく事が成《じょう》就《じゅ》したあかつきには、妻子を返すという条件でも付けられたのでしょう」

約束が守られることはあるまいと、半四郎はおもった。

事が済めば、一家はまとめて消される運命にあるのだ。

にもかかわらず、鎧戸は難波屋の甘言に乗り、自分を見失った。

一方、妻のすみれは夫のもとへ戻ることを夢見ながら、妾宅でまんじりともせずに待ちつづけているのかもしれない。

「鎧戸文五郎は半四郎さまを謀《たばか》った。それだけ頭のまわる御仁なら、相手に裏切られることも折りこんでいるはず」

当面は難波屋のまえに顔を出さず、まずは、妻子の安全を確保しようとするにちがいない。おそらくは監視の目があるだろうから、妾宅に顔を出すわけにもいかぬだろうし、安易に使いを送るわけにもいかぬ。

すみれのほうで隙を盗み、おさきを抱えて妾宅を出るしか手はなさそうだ。

かりに、うまく逃げだせたとしても、問題は落ちあう場所であった。

いったいどうやって、その場所を知ることができるのだ。

「すでに、報せてあるのかもしれませんよ」

と、雪乃は言った。

「そうか」

半四郎は膝を打つ。

「お守りだ。おれが手渡したお守りのなかに、きっと言伝《ことづて》が隠されていたのだ」

「たぶん、仰せのとおりでしょう」

「こうしてはおれぬ」

すみれはかならず、妾宅から逃げようとする。

あるいは、もう、逃げてしまったのかもしれない。

半四郎が敵方ならば、息を殺してその機を窺っているはずだ。

悪党どもにしてみれば、鎧戸文五郎は消さねばならぬ生き証人、草の根を分けてでも捜しだそうとするだろう。

赤ら顔の半兵衛が、ぐっと膝を乗りだしてきた。

「悪党どもがひとつところに集《つど》えば、こっちにとっても都合がよかろう。半四郎、ひとりのこらず、ふんじばってやれ。何なら、わしも手伝ってやろうか」

「伯父上、それにはおよびませぬ」

「足手まといか。ふん、せいぜい気張ってくるがよい。悪党どもをふんじばれば、義右衛門の嫌疑も晴れよう。菜美もきっと、喜ぶじゃろうよ」

「菜美どのとは」

すかさず、雪乃が反応した。

「そのお方、白井さまのご息女ですか」

「ん、そうじゃよ」

半兵衛は知らぬ顔をきめこみ、しきりに酒を舐める。

酒を顔にぶっかけてやりたいと、半四郎はおもった。

九

妾宅を張りこんで二日目の夜、すみれが動いた。

灯りは点けたまま、娘のおさきを抱えて勝手口からそっと抜けだし、小路の裏木戸に向かったのだ。

母娘の背後を追う人影がひとつあった。

御用聞きのようだが、難波屋の紐付《ひもつ》きにちがいない。

ほかに人影がないことを確かめ、半四郎と雪乃も後を追った。

すみれは抜け裏から大路へ出ると、伊勢町《いせちょう》で辻駕籠《つじかご》を拾った。

行き先は、はっきりしている。駕籠はゆっくりと動きだし、小者も影のように従《つ》いていく。

半四郎と雪乃は顔を見合わせ、しっかり頷いてみせた。

こんなふうに、ふたりで行動をともにする機会は滅多にない。

無節操なはなしだが、わくわくしている。雪乃と一心同体になれたような気がして、嬉しかった。

辻駕籠は大伝馬町《おおでんまちょう》、通旅籠町《とおりはたごちょう》とすすみ、浜町堀《はまちょうぼり》を越えて横山町《よこやまちょう》から両国《りょうごく》の広小路へ向かった。

おそらく、柳橋へ向かうのだろう。

鎧戸は、大川に面して軒を並べる茶屋のひとつにでも潜伏しているのだろうか。

時刻は戌《いぬ》ノ五つ（午後八時）をまわったばかりなので、広小路にはかなりの人出があった。ほとんどは墨堤目当ての花見客で、大橋から向両国《むこうりょうごく》にも見物客が繰りだしている。

駕籠は広小路のさきで止まった。

すみれはおさきの手を引き、大橋のたもとにある桟橋に降りてゆく。

「舟か」

なるほど、うまいことを考えついたものだ。

川へ漕ぎだせば、敵を出しぬけると考えたのだ。

桟橋には、花見客を当てこんだ屋根船が何艘か待機していた。

すでに、すみれとおさきは、一艘の屋根船に乗りこもうとしている。

船頭は頰被《ほっかむ》りをした男だ。

「ん、あれは」

がっちりしたからだつきが鎧戸に似ていた。

駕籠を追ってきた小者の影はどこにもない。

川船を手配すべく、踵《きびす》を返したのだろう。

半四郎と雪乃も、屋根船を拾った。

「夜桜見物でやしょうか」

暢気《のんき》に尋ねる船頭の首根《くびね》をつかまえ、半四郎は十手をちらつかせた。

「あれだ。今滑りだした小舟を追え」

「へ、へえ」

昏《くら》い川面に、二筋の水脈《みお》が曳かれた。

船足はかなり速く、空にある月が追いかけてくる。

対岸の墨堤には点々と篝火《かがりび》が焚かれ、夜桜を妖しげに浮かびあがらせていた。

――ぎっ、ぎっ。

そこらじゅうから櫓《ろ》の音が聞こえ、艫灯《ともあか》りが華燭《かしょく》のように閃《ひらめ》いている。

「けっこうな数が出ているな」

半四郎が語りかけても、雪乃は返事をしない。

前方の艫灯りを逃すまいとみつめ、周囲にも気を配っている。

二艘の屋根船は吾妻橋《あづまばし》をくぐりぬけた。

少しずつ、花見舟の数は減ってゆく。

逃れてゆく者たちを乗せた小舟は、ゆったりと大川を滑っていた。

夫は櫓を操り、妻と娘は屋根の下で息を殺しているのだろう。

再会を喜びながらも、墨堤の夜桜を愛でる余裕などあるまい。

「このまま、どこまでも漕ぎつづけてゆきたい。そんな気でいるのかもしれん」

半四郎が感傷に浸っていると、雪乃が「あっ」と声をあげた。

遥か前方から、ひときわ大きな灯りが近づいてくる。

しかも、灯りはふたつだ。左右から挟みこむように迫ってくる。

「半四郎さま、あれは鯨船《じらぶね》ではありませぬか」

「まさか」

鯨船は橋廻り同心の与る十人乗りの快速船である。

緊急の出役《しゅつやく》以外には使用してはならないきまりになっていた。

「福部さまが手配されたのですよ」

それしか考えられぬ。

「すると、さきほどの小者は町方の配下」

「無論、目付筋とも通じておりましょう」

ともかく、鎧戸親子が袋の鼠《ねずみ》と化したことはあきらかだ。

「雪乃どの、どうする」

「だいじな証人を敵の手に渡してなるものですか」

「よし、わかった」

半四郎は船首に躍りだし、船頭を呼びつけた。

「おい、棹《さお》を寄こせ」

「へ、へい」

半四郎は棹を奪いとるや、猛然と漕ぎだした。

「半四郎さま、どうなさるのです」

「舟を漕ぎよせ、まずは母と子を救う。ふたりをこちらに移し、わしがひとりで向こうに乗り移る」

「それで」

「雪乃どのは船首を返し、夕月楼へ向かってくれぬか」

「仕方ありませんね」

雪乃は、不満げに溜息を吐いた。

しかし、それ以外に修羅場《しゅらば》を切りぬける手だてはなさそうだ。

前方の艫灯りがあっというまに近づき、半四郎は船頭の手も借りて、巧みに船縁《ふなべり》を寄せていった。

「おい」

声を掛けると、頰被りした鎧戸が振りむいた。

面灯火《つらあかり》に照らされた顔は、あきらかにうろたえている。

「おい、わしに見覚えがあるだろう」

「や、八尾さま、どうしてここに」

「事情をはなしている暇はねえ。ほれ、鯨船がやってくる。わしを信じて、言うとおりにしてくれ」

「か、かしこまりました」

段取りどおり、母と娘だけがこちらに乗りうつり、半四郎が鎧戸の船に乗りうつった。

「では、幸運を祈っております」

雪乃は不安げなすみれとおさきを宥《なだ》めつつ、船を反対方向へ滑らせる。

艫灯りを消した船は、すぐさま暗闇に紛れてしまった。

それと入れ替わりに、鯨船がのっそりと船首をあらわした。船足に雲泥《うんでい》の差がある。もはや、逃げることはできない。

「どうするのです」

鎧戸に囁かれ、半四郎は頭を掻いた。

「さあて、どうするかな」

腹を括《くく》ったせいか、自分でも驚くほど落ちついている。

右舷《うげん》に迫った側の船首には、陣笠の与力が座していた。

誰あろう、年番方与力の福部仁左衛門にほかならない。

福部は胸を張り、大音声《だいおんじょう》を張りあげた。

「泉州浪人、鎧戸文五郎。おぬしには辻斬りの疑いがかかっておる。神妙にいたせ」

鯨船は二艘、二十人からの捕り方がひしめいている。

顔見知りばかりなので、何人かは半四郎に気づき、驚いた顔になった。

福部の言いなりになって仰々しい扮装《いでたち》に着替え、出役をつとめているだけなのだ。

捕り方のなかには、鎧戸が解きはなちになったことを教えた米倉又作の顔もあった。

福部は陣笠をかたむけ、怪訝な表情になる。

「おや、そこにおるのは、八尾半四郎ではないか」

「いかにもさようですが。福部さま、これはいったい、どうしたわけです」

「そこにおる船頭は、辻斬りの下手人ぞ」

「お待ちを。それは何かのまちがいかと存じます。手前、本日は非番なれば、ひとりこうして夜桜見物にまいった次第、これにおるのはただの船頭にすぎませぬ。はは、船頭ひとりに鯨船二隻とは、あまりに大袈裟《おおげさ》な出役ではござりませぬか」

皮肉が効いて、福部は鶏冠《とさか》に血をのぼらせた。

「ええい、黙れ。そやつは船頭ではない。人殺しの鎧戸文五郎じゃ」

「鎧戸文五郎、どこかで聞いたことのある名ですな。たしか、居酒屋で酔うて喧嘩したあげく、相手を傷つけた浪人者だ。拙者が縄を打ち、いったんは牢送りにしました。にもかかわらず、いつの間にか解きはなちになった者でござる」

捕り方のなかに動揺が走った。経緯《いきさつ》を知らぬ者も多いのだ。

こほんと、福部は空咳《からぜき》を放った。

「泳がせておいたのよ」

「え、なんですと」

「鎧戸を解きはなちにしたのは、泳がせて様子を窺うためじゃ」

誰が聞いてもわかる、いかにも苦しい言い訳だった。

捕り方のやる気が殺《そ》がれているのを見抜き、半四郎はたたみかけた。

「百歩譲って、泳がせておいたといたしましょう。されど、福部さまにお尋ねしたい。鎧戸文五郎の人相風体をご存じなのですか」

吟味方《ぎんみかた》でもない年番方与力が罪人と向きあう機会はあまりない。あるとすれば、白洲《しらす》に引ったてられたときであろう。

「ご存じのはずはありませんな。されど、拙者は熟知しております。なにせ、この手で縄を打ち、口書きをとった相手ですからな。どうしてもと仰るなら、拙者が船頭の顔をとっくりみてさしあげましょう。鎧戸文五郎が船頭に化けているのであれば、即刻、拙者が縄を打ちます。よろしいですな。福部さま、その程度の度量はおみせくだされ」

言うが早いか、半四郎は隣に立つ鎧戸の頰被りを取った。

面灯火に照らされた顔は、恐怖にひきつっている。

半四郎は袖で光を遮り、平然と嘯《うそぶ》いた。

「ありゃ、こいつはまるっきりちがう。鎧戸文五郎とは似ても似つかぬただの船頭にすぎぬ。さあ、おのおの方、今宵の出役はこれにて手仕舞い、夜桜見物でもやりながら、お帰りなされ」

鎧戸の面体《めんてい》を知る者がいても、半四郎にここまで堂々と開きなおられたら、頷かざるを得ない。

福部は一言もなく、奥歯を嚙みしめている。

ここで無理押しすれば、半四郎が暴走するかもしれぬ、とでも読んだのか、おとなしく鉾《ほこ》をおさめた。

「八尾よ、首を洗って待っておるがよい」

福部は捨て台詞をのこし、撤収の号令を掛けた。

遠ざかる鯨船に手を振りながら、半四郎は背中に冷や汗をかいている。

「かたじけない」

鎧戸が後ろで頭をさげた。

「おぬしには、いろいろ聞きたいことがある」

半四郎は表情を引きしめ、屋根舟の船首を南に返させた。

十

敵の動きは速かった。

年番方筆頭与力の福部仁左衛門より、半四郎は蟄居《ちっきょ》を命じられた。

罪状は役目怠慢、じつに奇妙な沙汰で、半四郎を知る者は誰もが首をかしげた。

見懲《みこ》らしのために罰するというよりも、灸《きゅう》を据えて意のままに操ってやろうという意図が透かしみえる。

どうせ、十日もすれば泣きを入れてくるにちがいないと、高をくっている。

そのときは鎧戸親子の引きわたしを条件に、蟄居を解く腹でいるのだ。

「ふん、その手に乗るか」

半四郎は暗い家に閉じこもり、一日中、拳を握って耐えつづけた。

三日経ち、四日経つと、月代《さかやき》も髭も伸び放題となり、武者修行の浪人のような風貌になりはてたが、気力はいっこうに衰えない。

ただし、絹代の様子があきらかに変わってきた。

気丈に振るまってはいるものの、目の下には隈《くま》をつくっている。一睡もできず、飯もろくに咽喉《のど》を通らぬ様子だった。そうした状態が蟄居初日からつづいているので、いつ倒れてもおかしくなかった。

「弱ったな」

母の身を案じていると、夜陰《やいん》に乗じて勝手口からそっと忍んでくる者があった。

跫音《あしおと》はひとつではない。

「ふたりか」

半四郎は大刀を鞘ごとつかみ、暗がりのなかへ踏みだした。

勝手口にたどりつくと、ふたりの息遣いが感じられた。

物盗りか、それとも、刺客であろうか。

腰を落として身構え、右手を柄に添える。

「こほっ、こほっ」

しわぶきにつづき、嗄《しゃが》れた声が聞こえてきた。

「間抜けめ、何をしておる、早《はよ》う灯りを点けよ」

「せっかちな御仁だな、少しお待ちを」

ぽっと灯りが点り、手燭《てしょく》が翳《かざ》された。

暗闇に浮かんだ皺顔《しわがお》は、半兵衛にまちがいない。

手燭を携えているのは、照降長屋に住む浅間三左衛門であった。

「あっ」

声をあげた半四郎に気づき、三左衛門が白い歯をみせた。

「や、どうも。陣中見舞いにまいりました」

「ようこそと言いたいところだが、みつかったら、ただではすみませんぞ」

「なあに、みつからなきゃいいんです」

三左衛門は、小脇に将棋盤を抱えている。

半兵衛ともども、長居する腹積もりらしい。

「へぼ将棋を嗜《たしな》むと聞いたゆえ、わしがこやつを誘ったのじゃ」

「それはそれは、伯父上、ご心配をお掛けいたしました」

「おぬしのことなど案じておらぬ。心配なのは絹代どのじゃ。ちと、元気づけてやろうとおもうてな」

「かたじけない。それは願ってもないことです」

「酒と肴はあろうかの」

「ええ、ございますよ」

「よし、されば、おぬしは行ってこい」

「え、行けってどこへです」

「ついさきほど、雪乃から使いがきた。今宵、浮世小路の『百川』にて宴席があってな、例の難波屋主催の宴席らしい」

「まことですか」

半四郎の顔色が変わった。

「おぬしも知ってのとおり、百川の女将とは周知の仲、雪乃がそっと尋ねたら、宴の主賓《しゅひん》は御納戸頭の中嶋良之輔に相違なかった。徒目付の青柳某もおるぞ。ふふ、悪党の揃いぶみじゃ」

千載一遇《せんざいいちぐう》の機会を得たというわけだ。

が、半四郎は戸惑いの色を隠せない。

すかさず、半兵衛に見抜かれた。

「おぬし、やる気はあるのか」

「ござります。なれど、このとおり蟄居の身なれば」

「なれば、どうした。このぐずのろめ、留守番しておいてやるから、けりをつけてこい。雪乃も待っておるぞ」

「え、雪乃どのが」

「助太刀するそうじゃ。くく、わしのために骨を折ってくれたのさ」

「伯父上のために」

「おぬしのためではないぞ。つけあがるな」

「はあ」

「さ、行け。悪党どもに目にもの見せてやれ」

「は」

半兵衛と三左衛門に背中を押され、半四郎は勝手口から外へ飛びだした。

後顧《こうこ》の憂いはない。あとはやるだけだ。

十一

雪乃は百川の女将と裏で通じ、悪党どもを狩りだす段取りをきめていた。

夕月楼の金兵衛も協力を惜しまず、駕籠かきに化けた若い衆を送ってくれた。

もはや、悪党どもの罪状は動かしがたいものの、家禄三千石の旗本を裁くための確乎とした証拠はない。

となれば、手荒な手段に訴えでるしかなかった。

「半四郎さま、悪党どもを成敗《せいばい》するのに、微塵《みじん》の躊躇《ためらい》もあってはなりませぬ。お覚悟はよろしいですね」

「もとより、覚悟はできていますよ」

雪乃は男姿であらわれたので、いっそう凛《りん》としてみえる。

「では、段取りどおりに」

そう言い残し、重籐《しげとう》の弓を引っ提げると、小路の反対側へ消えていった。

浮世小路に人影はない。

亥ノ刻（午後十時）を過ぎたころ、百川の表口が騒がしくなった。

女将に導かれ、まずは難波屋嘉平治があらわれる。

提灯持《ちょうちんも》ちの難波屋に導かれ、頭巾《ずきん》をかぶった偉そうな侍がつづき、中間ひとりと用人ひとりが従った。そして、最後尾からは用心棒よろしく、徒目付の青柳蔵人がやってくる。

「おや、駕籠がない。女将、何をやっておる、早く駕籠を」

「も、申し訳ございませぬ。すぐに呼んでまいります」

「わしもまいろう」

若い用人が言い、女将と歩調を合わせる。

小路の途中に三又《みつまた》の辻があり、半四郎はその脇に隠れている。
背後には法仙寺《ほうせんじ》駕籠が一挺《いっちょう》、控えていた。
もちろん、駕籠かきは夕月楼の若い衆だ。
息を殺して待っていると、女将の息遣いが聞こえてきた。
「さ、こちらですよ」
つっと辻を曲がってくる。
用人もこれにつづいた。
半四郎はさっと身を寄せ、用人の鳩尾《みぞおち》に当て身を食わせる。
「うっ」
苦もなくひとり片づけ、女将と目配せをする。
駕籠がふわりと持ちあがり、女将に先導され、辻を曲がっていった。
「おう、来たか、よしよし」
難波屋が安堵《あんど》した顔で漏らし、御納戸頭を法仙寺駕籠に導く。
動きはじめた駕籠の左右に、挟箱《はさみばこ》持ちの中間と青柳蔵人が従った。
一方、難波屋嘉平治は駕籠を見送りつつ、女将に何やら耳打ちしている。
どうやら、呑みたりないらしい。女将に連れられ、ふたたび料理茶屋に消えてゆく。

女将は吉原の元花魁《おいらん》だった。客あしらいには馴れているので、上手に引きとめてくれるだろう。こちらにとっては好都合なはなしだ。

駕籠は小路のまんなかを、ゆったりすすんでくる。

中間がこちら側に、青柳は駕籠の向こう脇に蹤いている。

半四郎は乾いた唇《くち》もとを舐め、白刃を静かに鞘走らせた。

「ふん」

土を蹴り、辻陰から飛びだす。

まっすぐ、駕籠脇へ斬りこんだ。

「くりゃあ……っ」

怒声一発、大上段から三尺に近い大刀を振りおろす。

ぶんという刃音とともに、堅牢な駕籠がまっぷたつに両断された。

大きな桃が割れたかのようだ。

裂け目から、頭巾頭が転げだしてきた。

「ひぇええ」

生きている。

恐怖に慄《おのの》く声が小路に響いた。

中間は尻尾を巻いて逃げ、駕籠かきふたりも辻向こうに消えた。

「おのれ、くせものめ」

青柳が憤然《ふんぜん》と抜刀し、間尺を詰めてくる。

「ん、おぬし、役立たずの定町廻りではないか」

「そうよ」

「切羽詰《せっぱつ》まって死にきたか」

御納戸頭は救いを求め、青柳の足許に躙りよる。

青柳はうるさがりつつも、青眼にぴたりと剣先を置いた。

「青柳蔵人、おぬしに質《ただ》したいことがある」

半四郎は凜然《りんぜん》と発し、懐中から鬢鏡を取りだした。

「これが何かわかるか」

「鬢鏡だな」

「このとおり、枠にすみれの花飾りが描かれておる。見覚えは」

半四郎はわざわざ、龕灯《がんどう》で照らしてやった。

「それを、どこでみつけた。深川の茶屋か、それならはなしはわかる。馴染みの芸者に配ってやったからな」

「ほう、芸者への土産《みやげ》なのか」

「高価な品だが、難波屋に頼めばいくらでも貰えるのさ」

「この鬢鏡をみつけたのは、番町の芥谷だ。胴を斬られた屍骸のそばに落ちていたのよ」

「鎌を掛けたな」

「沢尻勇三郎を殺めたのは、やはり、おぬしなのか」

「そうだと言ったら」

「斬る」

「莫迦め、返り討ちにしてくれるわ」

青柳は突くとみせかけ、胴斬りを仕掛けてくる。

「ふりゃ……っ」

半四郎はこれを弾き、返しの突きを見舞った。

御納戸頭がもぞもぞ動きだし、こちらに背中を向けて逃げだす。

刹那《せつな》、びゅんと弦音《つるおと》が響いた。

一直線に飛来した矢が頭巾を飛ばし、髷まで飛ばしてみせる。

「うひぇえぇ」

御納戸頭の中嶋はざんばら髪を振りみだし、声をかぎりに叫んだ。

逃げようにも腰が砕け、立ちあがることもできない。

——びゅん。

またもや、弦音が響き、二の矢は青柳の背を襲った。

「うくっ」

矢は叩きおとしたものの、隙が生じた。

半四郎は逃さない。

「つおっ」

流れるような身のこなしから、胴脇を擦りぬける。

白刃は深々と、青柳の脾腹《ひばら》を抉《えぐ》っていた。

「ぬぐ……ふ、不覚」

徒目付はかっと血を吐き、もがくようにくずおれた。

瞠《みは》った眸子は口惜しげに、虚空の満月をみつめている。

御納戸頭の中嶋は叫ぶことにも疲れ、魂《たましい》の抜け殻と化していた。

百川から飛びだす者とてなく、小路は何事もなかったかのように深閑《しんかん》としている。

半四郎は血の滴《したた》る刃を提げ、肩を震わす御納戸頭のそばに近づいた。

「うへっ、やめてくれ、助けてくれ」

平素は城内で威張りちらしている男が、泣きながら命乞いをしている。

刃《やいば》に掛けるまでもあるまい。

「てめえなんぞを斬っても、刀の錆《さび》になるだけだ」

ぶんと血振りを済ませ、半四郎は白刃を黒鞘におさめる。

重籐の弓を引っ提げた雪乃が、暗闇から颯爽《さっそう》とあらわれた。

わずかに上気した白い顔が、菩薩《ぼさつ》のように神々《こうごう》しい。

「その者に、悪事のからくりを残らず喋ってもらいましょう」

叩けばいくらでも埃《ほこり》が出てくるにちがいなかった。

年番方与力の福部も無事では済むまい。

「半四郎さま」

「ん、何だい」

「一刻も早く、月代と髭をお剃りなされ」

雪乃は笑いながら、そう言った。

またひとつ借りができたなと、半四郎はおもった。

十二

空はのどかに晴れているのに、地上には花散らしの風巻が吹いている。

花の命は短く、人の気持ちは移ろいやすい。

今年も雪乃と桜を愛でる機会を逸してしまった。

岸和田藩の砂糖納入に関わる不正は、御納戸頭の切腹と御用商人の打ち首によって収束を迎え、難波屋との癒着《ゆちゃく》を指摘された南町奉行所の年番方筆頭与力も、御奉行から直々《じきじき》に蟄居閉門を申しつけられた。

半四郎の蟄居が解かれたことは言うまでもない。

ただし、奉行所の体面を保つべく、一連の裁きは隠密裡《おんみつり》におこなわれたため、半四郎も雪乃も手柄にはならなかった。

一方、鎧戸文五郎と妻すみれ、娘おさきのすがたは、江戸から消えてなくなった。

「腰を落ちつけたら、文でも寄こしてくれ」

餞別《せんべつ》まで付けて送りだしてやったものの、文が届くのはいつのことになるかもわからない。

鎧戸は士分を捨て、泉州産の木櫛と鬢鏡を売る行商人になった。

半四郎の紹介で伝手《つて》ができ、細々と生活してゆける目処《めど》がついたのだ。

鎧戸が岸和田藩留守居役の梶山織部を斬殺したのは、疑う余地のないことであった。

事情を聞けば、難波屋に依頼されるまでもなく、積年の恨みを晴らしたかったのだと告げた。

かつて、梶山は理不尽な理由から、鎧戸を藩外へ放逐《ほうちく》した。

鎧戸は困窮し、妻子を御用商人に売るという苦渋《くじゅう》の選択を迫られたのだ。

人斬りは許される行為ではないが、梶山織部にも斬られるだけの理由はあった。

そのことを知った以上、鎧戸文五郎に縄を打つことはできなかった。

自分自身を顧《かえり》みたところで、それほど立派な人間ではない。

杓子定規《しゃくしじょうぎ》に罪人を捕らえ、遺された妻子を路頭に迷わせる気はなかった。

半四郎の手には、引き取り手を失った鬢鏡が残された。

取っておく気もないし、誰かにくれてやるわけにもいかぬ。

「それなら、お墓にお供えなさったらいかがです」

と、言ってくれる者があった。

菜美である。

父義右衛門の疑いは晴れた。

義右衛門の調べによって裏帳簿がみつかり、御納戸頭の罪状は動かせぬものとなった。

殺された沢尻勇三郎の名誉も、回復されるにいたったのだ。

けれども、義右衛門自身は職分を超える調べをおこなった廉《かど》で勘定方の職を解かれ、隠居の身とされた。本人はまだまだ奉公できるとおもっていただけに、落ちこみようはかなりのもので、秘かに手柄を立てた代償は大きかったというよりほかにない。

城勤めから離れれば禄もなくなるので、暮らしも厳しくなるのは目にみえていた。それゆえ、縁談も立ち消えになってしまったが、菜美はいっこうに落胆《らくたん》した様子をみせず、元気いっぱいに振るまっている。

春雨が万物を潤す穀雨《こくう》の晴れ間、半四郎は菜美と正受院の山門で待ちあわせた。

正受院は内藤新宿から閻魔《えんま》で有名な太宗寺《たいそうじ》の門前を曲がり、北へ少し向かった角にある。

山門をくぐった右脇には、片膝を立てた奪衣婆の坐像が見受けられた。

奇しくも、鎧戸が娘のために咳止めのお守りを求めたこの寺が、沢尻家の檀那《だんな》寺《でら》にほかならなかった。

「半四郎さま、こっちこっち」

手を振る菜美のすがたが、眩《まぶ》しかった。

露地裏で遊んでいた娘の面影と重なってみえる。

半四郎の懐中には、墓前に供える鬢鏡とともに、もうひとつ別のものがたいせつに仕舞ってあった。

それは何の変哲もない小石である。

丸味を帯びた白い石で、わずかに欠けた部分があった。

「これはわたしの宝物。あのとき、半四郎さまにいただいたものです」

ただの小石を匂い袋に仕舞い、菜美はずっとだいじに携えていたという。

数日前、直《じか》に手渡されたとき、半四郎は震えるほどの感動をおぼえた。

この小石には、切ない娘の恋情が託されている。

受けとることに、ためらいはなかった。

菜美を、どうにかしてやらねばならぬ。

どうにかしてやらねばという気持ちが、雪乃への募る想いを抑えこみ、いまや、半四郎の心は菜美のほうへ大きく傾きかけていた。

「おれは、どうすればよい」

小石を、ぎゅっと握りしめる。

桜吹雪の舞う山門の脇で、あのときの娘が満面の笑みを浮かべていた。

散り牡丹《ぼたん》

一

春たけなわ、向両国の回向院《えこういん》では晴天十日の勧進相撲《かんじんずもう》がはじまり、佃島《つくだじま》や品川沖《しながわおき》では鱚釣《きすつ》りが解禁となった。

この時季、深川八幡社《ふかがわはちまんしゃ》の別当永代寺《べっとうえいたいじ》は山門を開き、種々の花木に彩《いろど》られた広大な庭園を江戸庶民に開放する。初日の弥生《やよい》二十一日は弘法大師《こうぼうだいし》の命日にあたり、この日から卯月《うづき》十五日まで庭園は大勢の見物客で賑わった。

築山《つきやま》や泉水《せんすい》の美しさは息を呑むほどだが、見物客のお目当ては何といっても牡丹にほかならない。築山の裾に緋牡丹の叢《むら》があった。しかし、開放されて日も浅い今時分はまだ五分咲きで、人々の目はここを最後と咲きほこる八重桜のほうに集まっている。

大道芸人の放下師《ほうかし》に化けた雪乃は花を愛《め》でる気もなく、特別に商《あきな》いを許された水茶屋の片隅に座り、通行人に目を配っていた。

目当ての侍は中肉中背の四十男、眉が薄いという以外に、これといって面相に特徴はない。人の臑《すね》を刈《か》るという柳剛流《りゅうごうりゅう》の達人らしいが、刀を抜いたところを目にしたことはなかった。

いつも影のようにあらわれ、役目の中味を伝えて消える。かならず最後に「おなごのおぬしには荷が重かろうが、せいぜい気張るがよい」と、薄ら笑いを浮かべながら皮肉を浴びせる。

姓名は石橋主水《いしばしもんど》、南町奉行筒井紀伊守の内与力《うちよりき》にして隠密との連絡役《つなぎやく》である。切れ者との評判で奉行の信頼も厚い人物だが、雪乃はどうも好きになれない。

石橋は役目を申しわたす際、かならず、大勢の人が集まるところを選ぶ。

永代寺の華やかな庭園に呼ばれたのは、それだけの理由にすぎなかった。

雪乃の目には、濃艶な八重桜の花弁も色褪《いろあ》せてみえる。

ふと、何者かの気配が背後に近づいた。

「後ろにおる。座ったままで聞くがよい」

耳もとで低い声が囁《ささや》いた。

石橋主水だ。

毛氈《もうせん》の敷かれた床几《しょうぎ》の端で、ふたりは背中合わせに座っている。

「兇状持《きょうじょうも》ちが一匹、上州から江戸へ逃げこんだ。渡り中間となり、どこぞの大名屋敷に潜りこんでおるものと推察される。そやつを捜せ」

人相書きがそっと手渡された。

開いてみる。

御下知人《ごげちにん》の名は荒船《あらふね》の源蔵《げんぞう》、上州の天領で賭場《とば》荒らしを重ねたあげく、代官の手下《てか》をふくむ五人を殺めた極悪人だ。

「八州廻《はっしゅうまわ》りを統《す》べる道中奉行《どうちゅうぶぎょう》が手をこまねいたあげく、泣きを入れてきたのだ。紀伊守さまの御威信を知らしめるには、またとない機会ぞ。時を掛けず、かならずや源蔵を捜しだし、生け捕りにいたせ」

「生け捕りでござりますか」

「さよう、斬りすてるより難しかろうからな、ふふ」

筒井紀伊守の威信を保つべく、雪乃はからだを張っているわけではない。江戸の風紀と治安を守るために、昼夜を舎《お》かず身を砕いて働いている。隠密稼業という誰もが嫌がる汚れ仕事に勤《いそ》しんでいるのだ。筒井家に仕え、紀伊守のことしか目に入らぬ内与力とは、所詮《しょせん》、立つ位置がちがう。

「不服か」

「いいえ」

「不服なら、辞めてもよいのだぞ。女隠密は使い勝手が良いが、おぬしの替わりならいくらでもおる。このあたりが潮時かもしれぬぞ。女だてらに意地を張っておると、あまり良いことはない。おぬし、いくつになった」

「二十四にござりますが、何か」

「ふふ、盛りを過ぎた牡丹よな。ま、おなごのおぬしには荷が重かろうが、せいぜい気張るがよい」

ふん、余計なお世話だ。

雪乃は拳を握りしめ、なにくそと、胸の裡《うち》に呼びかける。

石橋主水への反撥《はんぱつ》をばねにして、役目に没頭するのだ。

気配は消えた。

気持ちがずんと重くなる。

何もかも投げだし、旅にでも出たくなった。

さしあたって思いうかぶのは、江ノ島参《えのしままい》りだ。

潮の香を嗅ぎながら、蒼い海でも眺めていたい。

できれば、気のおけない連中と行きたかった。

まっさきに浮かんだのは、半兵衛とおつやの顔だ。

もちろん、半四郎の屈託《くったく》のない笑顔も浮かんできた。

半四郎は特別な相手だが、添いとげる気は今もない。

役目に没頭するあまり、誰かの嫁になるという発想が出てこなかった。

それに、半四郎は強すぎる。自分がそばにいなくても、平気で生きてゆけそうな気がする。伴侶《はんりょ》にするなら、むしろ、頼りない相手のほうがよい。などと、得手勝手に空想しながらも、実際は役目に追われ、真剣に考えることを避けてきた。

このまま、一生、隠密で終わるのだろうか。

淋しいけれども、宿命のような気もする。

雪乃にとっては、町奉行の筒井紀伊守から直《じか》に請われて隠密になったことがすべてだった。

気づいてみれば、毛氈に座る客はすべて別の顔に替わっている。

ぽつねんと、取りのこされた気分だ。

冷めた茶を啜り、重い腰をあげた。

と、そのとき。

「無礼者、降りてこい」

誰かの怒鳴り声が、耳に飛びこんできた。

泉水《せんすい》の縁をみやれば、珍妙な光景がそこにある。

風体の賤《いや》しい浪人たちが、梯子《はしご》に登った若侍を罵倒《ばとう》しているのだ。

「おやめなさい、狼藉《ろうぜき》はおやめなさい」

梯子の周囲では、若侍の従者らしき老臣が右往左往している。

若侍の脅えた様子が可笑《おか》しいのか、野次馬が遠巻きに囲みはじめた。

梯子は脚立《きゃたつ》になっており、ぜんぶで七段ある。

一本に伸ばせば十四段、そうとうに高い。

糸鬢奴《いとびんやっこ》がひとり、下で梯子を支えている。

「降りてこぬというなら、引きずりおろすまでじゃ」

浪人のひとりが毛臑《けずね》を剝いた。

「お待ちを、しばしお待ちを」

老臣が縋《すが》りつき、宥《なだ》めすかそうとする。

「ええい、邪魔だ、老《お》い耄《ぼ》れめ」

浪人は袖を振りはらい、梯子に迫った。

「来るな、来るでない」

瓜実顔《うりざねがお》の若侍が、梯子の天辺《てっぺん》で喚《わめ》いている。

旗本の御曹司《おんぞうし》であろうか。

そういえば、七つ梯子という仕方噺《しかたばなし》を耳にしたことがあった。

黒塗り高蒔絵《たかまきえ》の七段梯子を家来に担がせ、高みから景色を眺めては愉悦《ゆえつ》に浸る阿呆《あほう》な殿さまのはなしだ。落ちは忘れてしまったが、おおかた、どうでもよい結末だったにちがいない。

「御仏《みほとけ》の座所《ざしょ》に梯子を立て、高みから人を見下ろして何とする。無礼ではないか」

浪人たちの主張も、わからないではない。が、少しばかり目障《めざわ》りなだけで、他人に迷惑をかけているというほどでもなかった。誰の目にもあきらかなとおり、浪人たちは難癖《なんくせ》をつけ、いくばくかの迷惑料をふんだくろうとしているのだ。

「無礼はおぬしらじゃ、下郎、近づくでない」

若侍は恐怖で声をひっくり返し、あろうことか、腰の刀を抜いた。

それに合わせて、浪人たちも一斉に抜刀する。

梯子の下に白刃が林立する光景は壮観だった。

若侍は縮みあがり、梯子持ちの糸鬢奴は固まり、老臣は入れ歯を鳴らしながら慌てふためいている。

滑稽《こっけい》な見世物だが、雪乃は放っておけない心境だった。

いかにも頼りなさそうな若侍の眸子《まなこ》が、むかし飼っていた子犬の目に似ていたのだ。

「ちび丸」

雪乃はおもわず、子犬の名を呟《つぶや》いていた。

「抜いたのはそっちがさきじゃ。斬られても文句は言えまい」

浪人のひとりが白刃を掲げ、梯子に片足を掛けた。

斬りかねないと察した途端、雪乃のからだは動いていた。

まるで、一陣の風が奔《はし》りぬけたかのようだった。

つぎの瞬間、

「ぬはっ」

浪人は股間を押さえ、苦悶《くもん》の顔で地べたに転がった。

若侍も老臣も、浪人たちも見物人も、口をあんぐりと開けている。

「おのれ、女放下師め」

ようやく、ひとりの浪人が叫んだ。

大上段に構え、雪乃に斬りかかる。

これをひらりと躱《かわ》し、輪鼓《りゅうご》を操る棒で股間を突いてやった。

「むぎょっ」

ふたり目も地べたに転がり、額に膏汗《あぶらあせ》を滲ませた。

残った浪人は三人、いずれも白刃を構えたまま、踏みとどまっている。

「い、痛っ、痛っ」

睾丸《こうがん》を突かれたら、さぞ痛かろう。

仲間の呻《うめ》きを聞くうちに、三人は腰が引けてしまったようだ。

「いいぞ、やっちまえ」

野次馬どもは喝采《かっさい》を浴びせ、梯子侍は天辺にしがみついて固唾《かたず》を呑んでいる。

「くっ、おぼえておれ」

浪人たちは口惜しげに吐きすて、すごすごと去っていった。

「ちっ、終わっちめえやがった」

野次馬たちも、散り散りになってゆく。

「かたじけない、助かり申した」

老臣が雪乃の背後で、米搗《こめつ》き飛蝗《ばった》のようにお辞儀を繰りかえす。

「放下師どの、お名前をお聞かせくだされ。のちほど、あらためて御礼にあがります」

「礼にはおよびませぬ」

「そういうわけにはまいらぬ。だいいち、このままでは殿のお気持ちがおさまらぬ」

「殿」

梯子を見上げると、若侍は恥ずかしそうに笑った。

やっぱり、ちび丸だなと、雪乃はおもった。

「ご覧のとおり、殿はお忍びゆえ、今ここで正体を明かすわけにはまいらぬ。そのところを、おふくみおきいただきたい。さ、放下師どの、どうか、お名前とお住まいをお聞かせくだされ」

「けっこうです。さようなら」

老臣ではなく、ちび丸が情けない声を発した。

雪乃は振りむき、上目遣いに微笑んでみせる。

若侍はたじろぎ、梯子から転げおちそうになった。

憎めぬ御仁だとはおもうが、余計なことに関わってなどいられない。

「失礼いたします」

雪乃は丁寧《ていねい》に一礼し、颯爽《さっそう》と袖をひるがえした。

二

翌朝もよく晴れた。

雪乃の住まいは八丁堀の南端、京橋川の対岸に鉄砲洲稲荷《てっぽうずいなり》をのぞむ日比谷《ひびや》町《ちょう》の一隅にあった。冠木門《かぶきもん》と狭い庭のある平屋に、病気の父とふたりで住んでいる。

耳を澄ませば、時鳥《ほととぎす》の鳴き声が聞こえてくる。

「冥途《めいど》から、夏の到来を告げておる」

縁起でもない台詞《せりふ》を口にする父の楢林《ならばやし》兵庫《ひょうご》は、元徒目付であった。

長らく隠密御用をつとめ、身分を偽るために町道場を開いていた。

一人娘の雪乃は幼い時分に母を労咳《ろうがい》で亡くし、男手ひとつで育てられた。道場主の娘として武道を叩きこまれ、天賦《てんぷ》の才があったのか、修行を重ねるうちにめきめき腕をあげていった。茶や花も身につけたが、武道のほうが性に合っていた。奥向きで武芸を指南する別式女《べつしきめ》として、いっときは加賀藩《かがはん》に迎えられたこともある。

そして、今から二年半前の文政五年（一八二二）秋、父の命で隠密働きをおこない、茶道の大御所と加賀藩の重臣が組んで為《な》した不正を暴いた。そのときの活躍が縁で筒井紀伊守に請われ、町奉行所の隠密になったのだ。

半四郎との付き合いも、そのときからはじまった。

長いようだが、まだ二年半しか経っていない。半四郎の恋情《おもい》は知りつつも、深い仲になることはなかった。そのあいだに、父はすっかり老けこんだ。足腰は衰え、胸まで患《わずら》ってしまったのだ。

世を忍ぶ隠密は、同心のような実入りはない。薬代《やくだい》も莫迦《ばか》にならなかった。ともあれ、禄米の三十俵のみが檜林家の家計を支えている。

雪乃は飯炊《めした》きをやりながら、溢《あふ》れてくる涙を拭った。

今朝になって、母の形見の簪《かんざし》を紛失したことに気づいたのだ。

赤い珊瑚玉《さんごだま》の付いた銀簪で、精巧な牡丹の細工がほどこされてあった。

母はことのほか牡丹を好み、楢林家の庭にはいつも牡丹が咲いていた。

花弁の散る様が母の最後を連想させるのか、父は嫌がった。が、雪乃の希望を入れ、八丁堀に移ったときも、狭い庭の一隅に緋牡丹をひと叢植えた。

簪を紛失したとすれば、永代寺であろう。

梯子侍を助けたとき、落とした公算が大きい。

肌身離さず身につけていたのが裏目に出た。きっと誰かに拾われ、質に流されたにちがいない。できれば、江戸じゅうの質屋を経巡《へめぐ》ってでも探しまわりたいところだ。

唯一、母の温もりを伝えてくれる形見だっただけに、雪乃の気分は水底《みなそこ》へ沈んでしまっていた。

父の兵庫は勘づいた様子もない。

「香ばしい匂いじゃ。何を焼いておる。ほう、蛤《はまぐり》か、ひさしぶりじゃのう」

「父上、昨日も蛤を膳に載せましたよ」

「そうであったかな。さては、惚《ぼ》けがすすんだか。病んだうえに惚けがきては敵わぬ。そろそろ、逝《い》かねばならぬか」

「何を仰います。弱気なことを申されては困ります」

「そう長くはあるまい。わしとて、生ける屍《しかばね》になりとうないわ。死ぬときは大木が倒れるように死にたいものよ。じゃが、ひとつだけ心残りがある」

ふだん寡黙《かもく》な父が、今日にかぎっては饒舌《じょうぜつ》だった。

父の言いたいことは、手に取るようにわかる。

「母の命日、もうすぐじゃな。おまえは、どうする気だ」

「どうするとは」

「一生、隠密をつづけるわけにもゆくまい。どこぞに好いた相手はおらぬのか」

「戯《たわむ》れておられるのですか」

「わしは真剣じゃ」

「なぜ、急にそんなことを仰るのです」

「正直に言おう。おまえの嫁入り姿をみてから死にたいのじゃ」

それが、たったひとつの望みだという。

こんなふうに育てておきながら、今さら何を言うのだ。

嫁に行けなどと、よく言えたものだ。

調子が良すぎる。酷《ひど》すぎると、雪乃はおもう。
「ちと、喋りすぎたな。ま、聞きながしてくれ」
それなら、最初から口に出すなと言いたい。
雪乃の脳裏には、半四郎の顔が浮かんでいた。
貰ってくれる相手が、ほかには浮かんでこない。
が、どう考えても、雪乃はその気になれなかった。
半四郎が嫌いなわけではない。好きは好きだ。
ただ、自分が八尾家の嫁になり、甲斐甲斐《かいがい》しく朝餉《あさげ》を作っているすがたなど、
想像もできない。
「怒ったのか」
父は飯を咀嚼《そしやく》しながら、顔を覗きこんでくる。
雪乃は首を左右に振った。
悲しい気分になってくる。
これほど弱気な父をみたことがない。
だから、悲しいのだ。
雪乃は朝餉を済ませ、手早く膳を片づけた。

「今日も御用の向きか」

「はい」

「根《こん》をつめるでないぞ」

気遣われても応じることができず、黙って背を向けるしかなかった。

玄関を出たところで、げほげほと空咳が聞こえてくる。

「母上、どうか、父上をお守りください」

雪乃は天を仰ぎ、眸子を閉じてつぶやいた。

三

懐中には、兇状持ちの人相書きがある。

――荒船の源蔵。

五人殺した極悪人にしては、おとなしそうな顔つきだ。

右耳の周囲に痘痕《あばた》があった。出くわせば、すぐに本人とわかるだろう。

源蔵は渡り中間に化け、大名屋敷に潜伏している公算が大きいという。

江戸は広い。大名屋敷は無数にある。気の遠くなるようなはなしだが、雪乃はこれまでも無に近いところから、お尋ね者を何人も捜しあててきた。

最初に足を向けたのは、芝露月町《しばろげつちよう》の口入屋《くちいれや》だ。

表看板に「日雇口入元締《ひようくちいれもとじめ》」とあるように、折助《おりすけ》と呼ぶ渡り中間だけを斡旋《あつせん》する口入屋だった。

元締めの名は辰五郎《たつごろう》、俠気《おとこぎ》のある人物だ。

屋号は上州屋、由来は辰五郎が高崎《たかさき》城下で生まれたからだという。

雪乃とは顔馴染みで、隠密の素姓を知る数少ない者のひとりでもある。

ただし、雪乃は辰五郎のまえではいつも蓮《はす》っ葉《ぱ》な女伊達《おんなだて》を演じていた。

そのほうが、気の荒い連中とは気持ちが通じやすい。

「これは姐《あね》さん、ごぶさたしておりやす」

「そうだね。ちょいと、聞きたいことがあるんだけど」

意味ありげに目配せすると、奥の六畳間へ通された。

座るとすぐに、熱い煮花《にばな》が出される。

待遇はすこぶるよい。

「へへ、姐さん、何でやしょう」

「荒船の源蔵って名に聞きおぼえは」

「ありやすよ。上州の天領で五人殺した兇状持ちでやしょう」

辰五郎は素っ気なく言いはなち、鼻糞《はなくそ》をほじくった。

雪乃は凜とした姿勢を変えない。

「会ったことは、おありかい」

「ありやせんよ。へへ、あっしの耳は地獄耳でやしてね、ここに座ってるだけで、てえげえのことはわかっちまう。源蔵がお江戸へ逃げこんだって噂も聞きやしたがね、あっしの縄張り内じゃ、まだ見掛けておりやせんぜ」

「そうかい」

「がっかりさせたようで、申し訳ありやせんね」

「いいんだよ。源蔵が引っかかったら、教えとくれ」

「合点でさあ。ふん、荒船てえくれえだ。どうせ、碓氷峠《うすいとうげ》の麓《ふもと》あたりで採れた芋《いも》野郎でしょうよ」

「芋野郎が潜るさきってのは、どのあたりかな」

「大名屋敷の中間部屋だとしても、目立たねえ小せえところでしょうよ。それに姐さん、お国訛《くになま》りは容易《たやす》く消せるもんじゃねえ」

したがって、上州に領地を持つ大名屋敷が潜伏先に選ばれる公算が大きいと、辰五郎は予想する。

「さすがは元締め、悪党の気持ちをようくわかっていなさる」

上州の小大名だけに注目すれば、対象はかなり絞られる。

「まず、前橋《まえばし》十七万石はねえ。高崎八万石と館林《たてばやし》六万石も除くと、残りは、ひい、ふう、みい……ぜんぶで六藩になりやすかね」

石高の大きいものから、沼田藩《ぬまたはん》三万五千石、安中藩《あんなかはん》三万石、伊勢崎藩《いせざきはん》二万石と小幡藩《おばたはん》二万石、それから、七日市藩一万石と矢田藩《やだはん》一万石となる。

このなかで、七日市藩は照降町の裏長屋に住む浅間三左衛門の出身藩でもあった。

何やら因縁《いんねん》めいたものを感じながら、雪乃は口入屋をあとにした。

それから五日のあいだ、足を棒にして大名屋敷の中間部屋を経巡った。

あるときは餅入《もちい》りの重箱を提げて売りあるく提重《さげじゅう》と呼ばれる私娼に化け、またあるときは白塗りで菰《こも》を抱えた夜鷹《よたか》に身を窶《やつ》した。あるいは、物乞い女となって勝手口のそばに座り、中間部屋に出入りする者たちに目を光らせた。

端緒《たんしょ》さえつかみきれず、かなり辛くなってきた。

そうしたさなか、弥生も晦日《つごもり》となった晩、努力の甲斐あって源蔵の足跡をみつけることに成功したのである。

辰五郎の勘は当たっていた。

この日の夕暮れ、雪乃は三田台町《みただいまち》の丘陵に向かった。

流しの女太夫に化け、三味線を掻《か》きならしつつ、随応寺《ずいおうじ》脇から幽霊坂《ゆうれいざか》を登ったのだ。

坂を登りきった丘陵は「月の岬《つきのみさき》」と呼称される景勝地だが、正面に聳《そび》える大名屋敷の海鼠塀《なまこべい》が行く手を阻んでいる。左手の聖坂《ひじりざか》か、右手の伊皿子坂《いさらござか》のほうへ少し行けば、おそらく、夕陽に染まった海原を目にすることができるだろう。

しかし、雪乃の目当ては幽霊坂《ゆうれいざか》の天辺に建つ大名屋敷のほうだった。

土岐美濃守《ときみののかみ》（沼田藩三万五千石）の下屋敷にほかならない。

勝手口に近い中間部屋では、夜な夜な丁半博打《ちょうはんばくち》がおこなわれていた。

この五日間で、足を向けるのは三度目になる。

三度目の正直と念じつつ、雪乃は暗くなるのを待った。

日没とともに、客たちは幽霊坂を登ってくる。

雪乃は折助風の男をつかまえては、源蔵のことを尋ねまわった。

今夜でだめなら、振りだしに戻ってやりなおさねばならぬ。

悲愴な決意でのぞみ、十数人に尋ねてまわった。

が、成果はない。

あきらめかけたところへ、微酔《ほろよ》い加減で近づいてくる男があった。

「おめえかい、痘痕面の兇状持ちを捜している女ってなあ」

「はい、さようです」

「弾くのは三味線だけか」

「え」

「へへ、ただでやらせてくれるんなら、痘痕面のことを教えてやってもいいぜ」

野卑《やひ》な笑みを浮かべる男の袖を引き、雪乃は暗がりに連れこんだ。

「おまえさん、なかなか良い男だこと」

雪乃は男の首に左腕をまわし、右手を懐中に入れるや、素早く匕首《あいくち》を抜いた。

切先を首筋に当てがう。

「うえっ、何しやがる」

「おたつくんじゃない。騒いだら、ぶすりだよ。さあ、喋んな」

男は震えながら、知っていることをぜんぶ喋った。

源蔵とおぼしき男は一昨日賭場にあらわれ、小銭を儲けて引きあげていったらしい。

男は隣同士になり、喋りかけてはうるさがられた。それで、おぼえていたのだ。名前も素姓も知らないものの、痘痕面であったことは確かで、人相書きの人物とほぼ一致していた。

「痘痕面の野郎は最後にひとつだけ、奉公先がきまったと自慢げに言いやがった。そいつはたしか、矢田藩だ。聞いたこともねえ藩だなとおもったら、どうりで、国元に陣屋しかねえ一万石の小藩さ」

雪乃は胸の裡で快哉《かいさい》を叫び、男に当て身を食わせると、その場から足早に去った。

真偽は定かでないものの、源蔵に繋がる端緒をつかんだのは確かだ。

つぎは、矢田藩に潜入する方法を考えねばならぬ。

雪乃は昏《くら》い海を右手に眺め、聖坂を下っていった。

月の岬に月はなく、浜辺には白波が煌《きら》めいている。

三味線の悲しげな調べが、漆黒《しっこく》の闇に尾を曳いた。

四

卯月朔日《ついたち》は衣更《ころもが》え、武士も町人も衣から綿を抜き、気分一新して働きに出る。

だが、衣更え当日は母の命日でもあり、毎年何があってもこの日だけは家から出ない約束になっていた。

父は朝早くから仏壇に向かい、ひたすら経をあげている。

精進潔斎《しょうじんけっさい》のために食事もとらず、一日中母の冥福《めいふく》を祈らねばならぬ。

それが父とふたりで取りきめた楢林家の決め事なのだ。

源蔵をみつける手懸かりは得られたものの、形見の簪をなくしてからというもの、雪乃の気持ちはいっこうに晴れない。

ほんとうに、取りかえしのつかないことをしてしまった。

簪をなくした事実が、日を追うごとに重く心にのしかかってくる。

若い父が母に贈った唯一の品だと聞いていたので、いっそう悩みは深い。

辰《たつ》ノ五つ半（午前九時）を過ぎたころ、半四郎がひょっこり顔を出した。

「こんにちは」

応対に出てみると、こざっぱりした扮装《なり》の男前が奴《やっこ》のように両袖をつかんで立っている。

「綿を抜いたら、ほらこのとおり、軽くなっちめえやがった」

半四郎は毎年、こうして線香をあげにきてくれる。

ほかには訪れる者もないだけに、父は六尺豊かなこの偉丈夫《いじょうふ》を気に入っているようだった。

「十手持ちは信用ならぬ。ことに、平気で袖の下を貰う廻り方の同心はな」

それが口癖であるはずの父が、半四郎にだけは最初から文句を言わぬ。

聞いてみれば、袖の下など貰う人間ではないと見抜いていたのだ、と嘯《うそぶ》いた。

他人には無愛想で、にこりともしないのに、父は何やら嬉しそうで落ちつかない。半四郎を仏間に招き、線香をあげさせたあとは、茶を出せだの、酒にしろだのとうるさく、雪乃は溜息を吐《つ》きたくなった。

なぜ、この男といっしょにならぬと、父は仕舞いに目顔《めがお》で叱りつけてくる。

それがたまらなく嫌なので、雪乃は半四郎のありがたい気持ちを素直に受けとることができない。

今年も素っ気なく応対し、早々に帰ってもらった。

正午になり、腹が空いたが、水を呑んで我慢する。

おもいがけない人物が訪ねてきたのは、八つ刻（午後二時）をまわったころだ。

「ごめん、どなたか、おられませぬか」

嗄《しやが》れた声を聞きつけ、玄関に出てみると、どこかで見掛けたことのある老侍が佇《たたず》んでいる。

「やはり、こちらでござったか。いやはや、ずいぶんお捜し申しあげましたぞ、うはは」

老侍は豪快に笑い、奉書紙にくるんだ品をうやうやしく差しだした。

「これを」

受けとるまえに、尋ねた。

「何でしょうか」

「簪じゃよ」

老侍は優しげに白い眉をさげ、みずから包みを開いた。

「たいせつな品なのじゃろう」

「あ」

まぎれもなく、形見の簪にほかならない。

雪乃は、永代寺で助けた侍主従を思いだした。

「もしや、あのときの」

「さよう。簪は七つ梯子のそばに落ちておってな、わしが拾ってさしあげたのさ。見事な細工物じゃ、錺職《かざりしょく》に当たれば持ち主がわかるかもしれぬ。そう考えてな、配下の者たちに命じ、江戸じゅうの錺職を当たらせた。百人からの配下を東奔西走させたが、判明するのに五日もかかったぞ」

「え、百人で五日」

雪乃は目を丸くする。

「気にいたすな。探索の甲斐はあった。案の定、この簪を存じておる職人がおってな、三月《みつき》ほどまえ、珊瑚玉の細工を付けなおしたので、持ち主の住まいもわかっているという。その者に聞いた所在が、ここじゃ」

「ありがとう存じます。たしかに、三月前、珊瑚玉を直してもらいました」

雪乃は簪を押しいただき、ぐすっと洟水《はなみず》を啜る。

「いわくのあるお品らしいの」

「母の形見にござります。本日は命日でして」

「まことか。さすれば、御母堂《ごぼどう》のお導き以外のなにものでもあるまい」

老侍は、ほっと溜息を吐く。

「これも宿縁よな。そなたが形見の簪を落とさなんだら、二度とお逢いできなかったやもしれぬ」

「何と御礼を申せばよいか」

「いや、礼をせねばならぬのは、こちらのほうじゃ。殿がな、そなたにどうしても逢いたいと言ってきかぬ。大きい声では言えぬが、食事も咽喉を通らぬ始末でな」

「え、お食事も」

「ああ。正直、困っておるのよ」

雪乃は動揺を隠せない。

「ともあれ、おあがりください。むさ苦しい家ですが、粗茶でも」

「いや、そうもしておられぬ。こうみえても、忙しい身でな」

「あの、お名前を伺ってもよろしゅうござりますか」

「ん、そうであった。肝心なことを忘れておったわい。わしは山田孫兵衛《やまだまごべえ》、梯子さまの傅役《もりやく》じゃ」

「梯子さま」

「ふむ、わが殿に付けられた不名誉な綽名《あだな》じゃ。ま、お好きなお忍びがやめられぬうちは、そう呼ばれても致し方ないのじゃが」

「失礼ですが、どちらのお殿さまで」

「ふむ。もはや、身分を明かしてもかまうまい。松平弾正大弼信敬《まつだいらだんじようだいひつのぶよし》さまじゃ」

「ま、松平」

「さよう、上野《こうずけ》矢田藩は一万石の小藩なれど、将軍家とは姻戚《いんせき》、御三家に準ずる待遇を受けておる。そればかりではないぞ。わが殿はの、五摂家《ごせつけ》に名を連ねる鷹《たか》司《つかさ》家《け》の血筋を引いておられる。由緒《ゆいしよ》正しきお方なのじゃ」

「鷹司家でござりまするか」

「さよう。本家御当主の鷹司政通《まさみち》さまは今より二年前、京洛《きようらく》の御所で関白《かんぱく》にご就任なされた。わが鷹司松平家はまぎれもなく、やんごとなき血筋の御家柄、それが証拠に牡丹紋を許されておる」

なるほど、牡丹紋は菊紋《きくもん》と葵紋《あおいもん》につぐ権威ある家紋にほかならず、外様《とざま》では近衛家《このえけ》と縁を結んだ津軽氏《つがるし》、伊達氏《だてし》、鍋島氏《なべしまし》、島津氏《しまづし》といった錚々《そうそう》たる大大名だけに使用が許されている。

雪乃は山田孫兵衛のことばを、なかば夢見心地で聞いていた。

鷹司家の件《くだり》よりも、梯子侍が上野矢田藩の藩主であったことに驚いているのだ。これを因縁と呼ばずして、何と呼ぶ。やはり、亡き母が導いてくれたとしか説明のしようがない。

孫兵衛は鷹司松平家の系譜を滔々《とうとう》と述べ、最後に頭《こうべ》を垂れた。

「楢林雪乃どの、このとおりじゃ。どうか、わが殿の御座所へ、おはこび願えぬものであろうか。そなたが南町奉行所から、隠密御用を託されているのはわかっておる。ちと、調べさせてもらった。そのうえでのはなしじゃ」

「お殿さまの御目見得《おめみえ》が叶うのですね」

「そなたさえよろしければ、いつなりとでもな」

「かしこまりました」

「ほ、そうか。うはは、そうしてもらえるか」

孫兵衛は手放しで喜び、子供のようにはしゃいでいる。

まさに、渡りに船とはこのことだ。

「なにとぞ、よしなにおはからいのほどを」

三つ指をついた雪乃の顔は、もはや、隠密の顔に戻っていた。

五

矢田藩の上屋敷は赤坂にある。

広大な紀伊《きい》屋敷の東南に張りつくように接し、一万石の小藩にしてはかなり広い敷地を有していた。

門構えも立派で格式が高い。

鷹司松平氏の起こりは、三代将軍家光《いえみつ》の世にまで遡《さかのぼ》る。鷹司家の娘孝子《たかこ》が家光の正室となって輿入《こしい》れした際、ともに江戸入りした孝子の弟信平《のぶひら》に松平姓が与えられた。信平は上野と上総《かずさ》両国合わせて七千石の知行を得、嫡孫信清《のぶきよ》のときに一万石の大名となった。

現当主の信敬は齢《よわい》二十七、上野矢田藩第七代藩主にして、鷹司松平家第九代当主でもある。五歳で藩主となり、十六歳で従四位下《じゅしいげ》、侍従《じじゅう》に任官、弾正大弼と名乗ることを許された。

就任当初より藩財政は厳しく、近江《おうみ》商人を登用するなどして借財をかさね、一方では厳しい倹約令《けんやくれい》を発するとともに、藩士たちを三年も休職させて禄米を浮かせようとするなどの施策を打ちだした。

しかしながら、信敬自身が江戸在府のまま藩政をとりおこなったこともあり、付け焼き刃としかおもえぬ施策は藩内の混乱を招くだけに終わった。

少し調べれば、雪乃にもその程度のことは把握できる。

若い殿さまは改革の意欲に燃え、良かれとおもったことを実行し、失敗をかさね、挫折《ざせつ》を味わったのだ。政事から逃れ、梯子に登りたくなる気持ちもわからぬではない。

信敬との対面は、一両日置いた卯月三日の午前中におこなわれた。

父兵庫には経緯を説明したが、驚きもしなければ、喜びもしなかった。

大名に目通りすることが、ぴんとこないらしい。仕舞いには「住む世がちがう連中と付き合っても、ろくなことはない」とこぼす始末だった。

雪乃は黒髪を島田髷《しまだまげ》に結いあげ、形見の銀簪を挿し、損料屋《そんりようや》で調達した高価な黒小紋《くろこもん》を纏い、御目見得にのぞんだ。

源蔵の一件がなければ、遠慮していたはずだった。傅役の山田孫兵衛にだけは事情を打ちあけようとも考えたが、しばらくは様子を眺めることにきめた。兇状持ちを雇ったことで藩の体面が傷つく。そうしたつまらぬ理由から、探索を阻まれるのを恐れたのだ。

案内された御小座敷には孫兵衛がひとり控えており、さほど待たされることもなく、信敬が小姓《こしよう》をしたがえてあらわれた。

上座に腰を落ちつけるなり、

「面《おもて》をあげよ」

疳高《かんだか》い声を発する。

「遠慮いたすな、近《ちこ》う寄れ」

「はい」

雪乃は深くお辞儀をし、わずかに膝をすすめた。

「もそっと、もそっと近う。それでは顔がようみえぬ」

「はい」

さらに二間《にけん》ほど滑りよると、信敬の顔にある小さな黒子《ほくろ》まで判別できるようになった。

「雪乃どのと、お呼びしてもかまわぬか」

「は、はい」

「されば雪乃どの、ご足労いただき感謝いたす」

「もったいないおことばにございます」

雪乃は、わずかに顔をあげた。

信敬の顔が笑っている。

ちび丸だ。

梯子にしがみつき、脅えていた若侍だ。

いくら高価な衣裳を着ても変わらない。

ちび丸はちび丸だ。

そうおもったら可笑しくなり、くすっと吹きだしてしまう。

「おや、笑《え》もうたな。何がそんなに可笑しいのじゃ」

ほんとうのことは言えない。雪乃は黙って平伏し、お茶を濁す。

「もしや、永代寺の件を思いだされたか。あはは、恥ずかしいのう。これでも、幼いころより剣術の修行はしてきたつもりじゃが、肝心なときにまったく役に立たぬ。それにしても、雪乃どのはお強い。どなたにご師事なされた」

「父にございます」

「お父君はたしか、徒目付でいらしたな」

「はい。もう、隠居いたしました」

「さようか。幼い時分に母君を亡くされたと聞いておる。そのうえでのお役目、さぞや、ご苦労なさったのであろうな」

「いいえ、苦労とはおもっておりませぬ」

「ほう、何故《なにゆえ》じゃ」

「父もわたくしも、お役目を天職と考えてまいりました。神仏より授かったお役目とおもえば、苦労など微塵も感じなくなります」

「潔《いさぎよ》い。立派なお考えじゃ。のう、爺」

振られた孫兵衛は、眠そうな眸子をしょぼつかせる。

「まこと、仰せのとおりにござります。藩の若い者たちに、雪乃どのの爪の垢でも煎《せん》じて呑ましてやりとうござる」

「爪の垢とな。何故、さようなことをいたさねばならぬのじゃ」

「殿、ものの喩《たと》えにござりまする。雪乃どのを少しは見習えと、かほどの意味にござりまする」

「ふむ、されば、わしも爪の垢を煎じて呑まねばな」

「め、滅相《めっそう》もござりませぬ。国主たるもの、さようなことを軽々しく口になさってはなりませぬぞ」

「なぜじゃ。雪乃どのの爪の垢なら、喜んで呑みたいものよ、こほほ」

仕方噺を聞いているようで、主従の掛けあいはおもしろい。

信敬が身を乗りだし、柔和な笑みをかたむけてきた。

「雪乃どの、望みがあったら何でも言うてくれ。たいていのことなら、叶えて進ぜよう」

「ありがたきおことば、胸に沁《し》みましてござりまする」

雪乃は平伏したまま、ちらりと孫兵衛をみやった。

これを察し、白髪の傅役は入れ歯を鳴らす。

「殿、すでに、雪乃どのの願いはお聞きいたしました」

「ほ、そうか。何であろうな」

「別式女として、奥向きに武芸の指南をなされたいとのご希望にござりまする」

「おう、そうか、それはよい。上屋敷に通うてもらえるのか」

「上屋敷のみならず、下屋敷にも通っていただくことになりましょう」

「顔を合わせる機会も増えるの」

「御意《ぎょい》」

「でかした。ふむ、それはよい。このわしも指南してもらえようかの」

「さあ、それはいかがなものでしょう」

「できれば、市中見物にも付き合ってほしいものじゃ」

「なるほど、雪乃どのがおそばに控えておいでなら、暴漢どもに難癖をつけられても案ずることはなくなりますな。どうであろう。雪乃どの、わが殿の御願い、受けていただけようか」

「喜んで」

とは言ったものの、乗り気ではない。

梯子大名のお供など、まっぴら御免だ。

手っ取り早く、源蔵を捜しだし、適当な理由を付けて身を引こう。

雪乃は平伏して身じろぎもせず、満足げな殿さまの息遣いに耳をそばだてた。

六

市中には卯の花が咲きはじめ、初鰹《はつがつお》を売りさばく棒手振《ぼてふ》りが露地を奔りまわっている。

雪乃は翌日から矢田藩邸へ通い、奥向きの御女中たちに薙刀《なぎなた》などを指南するかたわら、藩邸内の様子を探りはじめた。狙いは下屋敷の中間部屋、身持ちの良からぬ折助どもが屯《たむろ》するとしたらそこしかない。

上屋敷から青山大路を西に行き、久保町の四つ辻で右手に折れる。さらにすすんで、寺が甍《いらか》を並べる朱印地を抜けると、目当ての下屋敷にたどりついた。

西の塀際は渋谷川に面しており、荷船が頻繁《ひんぱん》に行き来している。

他藩の例に漏れず、中間部屋では夜な夜な丁半博打が開帳され、裏手の大部屋だけが異様な熱気につつまれていた。

胴元はこの界隈に顔の利く地廻りで、強面《こわもて》の若党を用心棒に雇い、盆茣蓙《ぼんござ》に目を光らせている。舟が使えるためか、遠方からも客は集まり、商人風体《ふうてい》の鴨葱《かもねぎ》たちも多く見受けられた。

儲けの一部は場所代として藩の台所を潤すので、文句を言う藩士もいない。それどころか、みずから博打にうつつを抜かす不埒者《ふらちもの》まであった。

泥沼に引きずりこまれた者でなければ、博打の怖ろしさはわからない。真面目な人間ほど深みに塡《は》まりやすく、あげくのはては二進《にっち》も三進《さっち》もいかなくなる。

そのあたりの機微《きび》をよく知る小悪党どもが、舌なめずりしながら出入りするところでもあった。

女客は稀《まれ》でほとんどいないが、雪乃は堂々と顔を出した。

あまりに堂々としているので、若党に誰何《すいか》されることもない。

二日目には別式女という正体がばれ、怪訝《けげん》な顔をされたが、殿さまのお気に入りとの噂が浸透し、文句は言われなかった。

三日目になると目も向けられず、放っておかれるようになった。

雪乃は駒札を張るでもなく、盆茣蓙の片隅から一刻（二時間）ほど客の様子を窺い、あとは外の暗がりに隠れ、出入りする者たちを見張った。

荒船の源蔵は、いっこうにあらわれなかった。

もしかしたら、見当違いのところを捜しているのかもしれない。

そうした不安に駆られ、焦りだけが募った。

しかも、傅役の山田孫兵衛に面倒事を頼まれていた。

近頃、藩内で秘かに囁かれている噂によれば、藩収の柱である絹糸の一部を勝手に売りさばき、私腹を肥やす不届きな藩士がいるという。横目付《よこめつけ》に調べさせてはいるものの、半月経っても端緒すらつかめず、このままでは埒があかない。是非ともお力添えをいただき、獅子身中《しししんちゅう》の虫《むし》を捜しだしてはもらえぬか、という依頼であった。

協力するのは吝《やぶさ》かではないが、横目付の面子《めんつ》を潰すわけにもいかず、表立っては動けない。まことに面倒な依頼にほかならず、調べをすすめるうちに本来の目的を見失いがちになった。

――ずどん、ずどん。

武家屋敷の其処彼処《そこかしこ》では、早朝から筒音が響いている。

鉄砲の撃ち初めが催される卯月上旬は、外様大名の参勤交代《さんきんこうたい》がおこなわれる季節でもあった。

御三家に準じる格式の矢田藩藩主は、六月上旬の国入りがきまっている。信敬も久方ぶりに国元へ還るのだ。

そう聞いて、雪乃は少し淋しくなった。

ともかく、荒船の源蔵をみつけだせぬまま、御目見得から早くも四日目を迎えた。一方、絹糸の横流しに関しては、悪事をはたらく者たちの影がちらつきはじめている。

孫兵衛を介して勘定方に問いただし、雪乃は御用商人たちのもとを訪ねあるいた。そのなかで、ひとりの商人から気になる証言が得られた。藩からの注文を受け、絹糸を納めたにもかかわらず、一年以上も代金の一部を支払ってもらっていないというのだ。

絹糸の注文は藩主だけに許され、あらかじめ花押《かおう》が入った判紙《はんし》によってのみ、とりおこなうことができた。

判紙は商人の手許にあったが、あまりに枚数が多すぎた。

小刻みな注文によって掠《かす》める金額を低くみせ、わかりにくくする。

不正をおこなう手口にはよくあることなので、雪乃はすぐに看破した。

怪しいのは、殿さまのそばで判紙の代筆を許されている者、祐筆《ゆうひつ》をおいてほかには考えられない。

秘かに調べてみると、御堂新之丞《みどうしんのじょう》なる祐筆が家人に内緒で若い妾を囲っていることが判明した。ただの妾ではない。吉原の大籬《おおまがき》から請《う》けだした遊女と聞き、雪乃は祐筆の御堂が獅子身中《みっ》の虫であることを確信するにいたった。

遊女に貢ぐ金に困り、切羽《せっぱ》詰まったあげく、花押入りの判紙を濫発《らんぱつ》するという荒業《あらわざ》をおもいついた。そして、絹糸をさばく小役人も仲間に誘いこんだ。仕入れた絹糸は闇に横流しされ、売上金から商人に原価が支払われる。したがって、勘定方にも甘い汁を吸う者がいた。

ところが、勘定方が商人への支払いを一部忘却してしまい、悪事が露顕《ろけん》することとなった。

小刻みな注文を出すことで墓穴を掘ったのだ。

ともあれ、これだけ大掛かりな不正を、藩内の者たちだけでおこなえるはずがない。

少なくとも、絹糸を闇で売りさばく商人は必要だ。

それが山城屋定八《やましろやじょうはち》なる古着商であることも、雪乃は調べあげた。

横目付は役目怠慢というよりほかにない。ちゃんと調べれば、すぐに判明することだ。それとも、察しはついたものの、祐筆には逆らえぬとでもおもったのだろうか。あるいは、利益の一部を受けとっているのか。

いずれにしろ、根はかなり深い。

雪乃は、山田孫兵衛にありのままを告げた。

傅役は大いに憤慨しつつも、祐筆は重き役目ゆえに手違いがあっては一大事、確乎たる証拠が必要との見解をしめした。

雪乃は憮然《ぶぜん》とするしかなかった。

証拠集めなど、まだるっこい。

本人に縄を打ち、締めあげ、白状させればよいのにとおもった。

仕舞いに、気持ちは通じたようである。

「放っておく手もあるまいか」

孫兵衛は呻くように漏らした。

「すぐさま、縄を打ちますか」

「ふむ、なれど、狡猾《こうかつ》な祐筆のことじゃ。言い逃れはいっさいできぬよう、何らかの策を打たねばならぬ」

「策ですか」

「よし、背に腹はかえられぬ。ここはひとつ、梯子さまにご登場願おう」

「お殿さまに」

「さよう。否《いな》とは仰るまい。むしろ、こうしたことが三度のお食事よりお好きなお方じゃからの」

「こうしたこととは、何です」

「祐筆を裁く一件につき、殿のご理解を賜《たまわ》ったのちに、おはなしいたすとしよう。やるとなったら、雪乃どのにもご活躍願わねばならぬ。わが殿ともお約束なされたはずじゃ、梯子見物についてきてくれような」

孫兵衛に念を押され、雪乃は仕方なく首肯した。

七

卯月八日は灌仏会《かんぶつえ》、釈迦《しやか》の生誕を祝って寺社では甘茶がふるまわれる。

一方、裏長屋の大家は虫除《むしよ》けの札を店子《たなこ》に配ってまわった。札には「蟲《むし》」と書かれたものから、細長く「ちはやぶる卯月八日は吉日よ神さけ虫をせいばいぞする」と綴られた和歌まであり、これらを逆さにして壁という壁に貼りつける。

さながら、傷ついたぼろ屋が紙で継《つ》ぎ接《は》ぎにされたような光景であったが、そうした九尺店《くしゃくだな》の連なる露地裏を、七つ梯子が縫うように通りぬけていった。

主人とおぼしき若侍は金銀箔縫《はくぬ》いの着物を纏い、白髪の老臣と男装の女剣士を従えている。七つ梯子を担ぐ糸鬢奴はふたりいて、背中に大きく緋牡丹の染めぬかれた濃紺《のうこん》の看板を身につけていた。

貧乏人は口をあんぐりとあけ、珍妙な扮装《いでたち》の主従を眺めた。

晴れ渡った空には、鳶《とんび》が一羽旋回している。

「不吉な」

信敬がつぶやくと、孫兵衛はにんまりと笑った。

「殿、御堂新之丞にとっては凶兆にござりましょう。されど、われわれにしてみれば吉兆にござりまする」

「はん、ものは考えようじゃな」

「さ、いざいざ、敵陣へ斬りこみましょうぞ」

孫兵衛は戯れているのでなく、真剣そのものである。

血気盛んな若武者のように面を上気させ、信敬を導いてゆく。

だが、向かうさきは合戦場ではない。

ここは深川、木の香ただよう町屋の一画。

——とうきたり、とうきたり、お釈迦はいらんか、お釈迦、お釈迦。

抜け裏のほうから、絽《ろ》の古羽織に輪袈裟《わげさ》を掛けた願人坊主《がんにんぼうず》がやってくる。

信敬が首をかしげた。

「爺、あれは何じゃ」

「とうきたりにござりまする」

「とうきたり」

「はい。右手に花御堂《はなみどう》のつくりものを提げておりますな、あれを安価な値で売りあるくのでござります」

「ひとつ、買《こ》うてやるがよい」

「殿、あんなもの、毛ほどの御利益もありませぬぞ」

「よいではないか」

「は、では」

孫兵衛は願人坊主を呼びとめ、花御堂を買いもとめた。

花御堂のなかには、粗末な釈迦の裸像も垣間見《かいまみ》える。

信敬は手渡され、めずらしそうに眺めていた。

微笑ましい光景ではある。

「雪乃どの、祐筆は妾宅におるのじゃろうな」

と、孫兵衛が囁きかけてきた。

「ご心配なきよう」

雪乃はしっかり頷いた。

祐筆の御堂新之丞が五日に一度、夕八つに妾宅を訪ねるのは調べ済みのことだ。

几帳面《きちょうめん》な性質らしく、日時はいつも正確だった。

殿さまの膝元で大胆な悪事をはたらいているにしては、間抜けな男だとおもう。

ただ、祐筆を陰で操る山城屋定八という古着商は、油断のならない悪党だった。あくどい商売を平気でやり、商売敵の口を封じるべく、腕の立つ用心棒を抱えこんでいるとの噂も聞いた。

孫兵衛の耳にも入れたのだが、気にしていない様子だった。

みずから考えついた妙案のことで、頭がいっぱいなのだ。

「雪乃どの、妾宅はこの辺りか」

「はい。正面にみえます黒板塀の小路をすすみ、三軒目のしもた屋にございますよ」

「おう、そうか。よし、奴ども、走れ」

糸鬢奴が梯子を抱え、小路を駆けぬけてゆく。

信敬は悠然と構え、楽しそうに歩をすすめた。

「殿、遊山《ゆさん》ではございませぬぞ」

祐筆の濡れ場を押さえ、切腹させようというはなしなのだ。

それにしては、信敬から緊張は微塵も伝わってこない。

深川の露地裏へやってきたことが、何よりも嬉しいのだ。

まちがっても、一国を統べる殿さまが足をはこぶところではない。が、ここに来れば、どぶ臭さとともに、市井《しせい》に暮らす人々の息遣いを感じとることができる。

信敬にしてみれば、正直、祐筆を裁くことなどに格別の関心もない。

黒板塀のうえから妾宅を覗くという行為が、いやが上にも好奇心を駆りたてるのだろう。

すでに、梯子は黒板塀に立てかけてあった。

脚立ではなく、一本の梯子に伸ばしたので、段数は倍の十四段になっている。

梯子の天辺は黒板塀の上方に突きぬけ、見越しの松の細い枝先に触れていた。

「あれならば、星をつかむこともできそうじゃな」

「殿、されば、孫兵衛めがさきに登ってまいりましょう」

「ふふ、落ちるなよ」

「なあに、拙者は藩内一の梯子登りにござりますぞ」

たしかに、孫兵衛は老人とはおもえぬ動きをみせた。

猿《ましら》のごとく、するすると梯子をよじ登り、十段目のあたりで動きを止めたのだ。

「お」

と、叫んで身を縮め、そろりそろりと降りてくる。

「おりましたぞ、おりました」

小鼻をおっぴろげて興奮気味に囁き、信敬の手を取ろうとする。

「さ、殿、梯子へ」

「ふむ」

「高みから、ご一喝《いっかつ》なされませ」

「よし、やってみよう」

孫兵衛の妙案というのは、これである。

殿さまみずから妾宅におもむき、祐筆を頭ごなしに叱りつけようというのだ。一喝すると同時に、雪乃が内へ躍りこみ、祐筆に縄を打つ手筈《てはず》になっている。

田舎芝居のようだが、信敬は緞帳《どんちょう》役者ではなく、本物の大名にほかならない。

「雪乃どの、よろしいか」

「はい」

孫兵衛は伯楽《はくらく》のように指示を繰りだす。

「殿、では、お登りなされませ」

「よし、まいるぞ」

さすがに馴れているのか、信敬も猿のごとく梯子を登った。

十段目で動きをとめ、身を乗りだそうとする。

「お気をつけなされませ」

孫兵衛が下から注意を促しても、信敬はさらに身を乗りだそうとする。

「おるおる、おなごもいっしょじゃ。お、濡れ縁に出てきおった。うほほ、莫迦め、惚《とぼ》けた顔で見上げておるわ」

「殿、今でござる。一喝しておやりなされ」

「よし。うおっほん」

信敬は咳払いをし、疳高い声を張りあげた。

「こら、御堂新之丞、そこで何をしておる」

御堂は仰天《ぎょうてん》し、我に返った途端、頭をかかえて奥へ引っこんだ。

雪乃は木戸の隙間を擦りぬけ、素早く中庭へまわった。

ふたたび、濡れ縁にあらわれた御堂は何と、右手に弓を提げている。

なよなよした妾がどんと背中を蹴られ、庭石のうえに頭から転げおちた。

「ひゃあああ」

妾の悲鳴が響いた。

「寄るな、寄るでない」

御堂は正気を失っている。

矢を番《つが》え、弦《つる》を引きしぼった。

狙いは雪乃だ。

――びゅん。

放たれた矢は、雪乃の鬢《びん》を掠めた。
避けようともせず、滑るように身を寄せる。
「やっ」
紫電一閃《しでんいっせん》、雪乃は刀を抜きはなった。
煌めく刃は風を孕み、御堂の首を叩きおとす。
「きょっ」
と、おもいきや、刃は寸前で峰に返された。
御堂は白目を剝き、濡れ縁に額を叩きつける。
刹那《せつな》、塀の上で悲鳴が聞こえた。
振りかえると、梯子だけがあり、信敬のすがたが消えている。
「お殿さま」
雪乃は血相を変え、木戸から飛びだした。
待っていたのは、小太りの商人だ。
山城屋定八にまちがいない。
喉仏《のどぼとけ》の飛びでた用心棒が後ろに控え、殿さまを羽交《はが》い締《じ》めにしている。
孫兵衛とふたりの糸鬢奴はとみれば、地べたに転がっていた。

息はある。気を失っているだけのようだ。

「ん、女か。てめえは何者だ。まさか、隠密じゃあんめえな」

定八は薄く笑い、慎重に近づいてくる。

「御堂新之丞は脇が甘ぇ。万が一のこともあろうかと足を向けてみたら、案の定、このざまだ。ひょっとして、後ろの若僧は矢田藩のお殿さまかい。だとすりゃ、こっちも腹を括《くく》るっきゃねえな」

「腹を括るとは、どういうこと」

「殿さまを拐《かどわ》かしてやるのさ。藩からはいくらでも金を搾《しぼ》りとれる。殿さまは打ち出の小槌《こづち》というわけだ」

雪乃は、目まぐるしく頭を回転させた。

焦りはない。ともかく、信敬を救う手だてを考えねばならぬ。

「腰の大小を捨てな。下手《へた》な小細工はなしだぜ」

言うとおりにしつつも、右手には気づかれぬように小柄《こづか》を握った。

息詰まるような沈黙が流れた。

——ぴい、ひょろろ。

突如《とつじょ》、上空で鳶が鳴いた。

雪乃は、ついと顔をあげる。

つられて、悪党たちも空を見上げた。

間隙《かんげき》を逃さず、雪乃は右腕を振った。

用心棒に狙いを定め、小柄を投擲《とうてき》したのだ。

ひゅんと一直線に伸びた小柄の先端は、飛びでた喉仏を突きやぶった。

「ぬぐっ」

用心棒は鮮血を散らし、仰向けに倒れていった。

信敬はその場を離れ、黒板塀の脇に逃れてゆく。

「うえっ、来るな、来るな」

山城屋定八はうろたえ、必死の形相《ぎようそう》で叫んだ。

雪乃は黙って面前に迫り、悪党の首筋に手刀を打ちこんだ。

「うほっ、お見事」

信敬は感服し、飛びあがらんばかりに喜ぶ。

「ようやった。これで祐筆も言い逃れはできまい」

どれだけ褒《ほ》められても、雪乃の気分はすっきりしない。

いったい、こんなところで何をやっているのだろうか。

今さら悔やんでも仕方ないが、的はずれのことをやっているとしかおもえなかった。

八

神仏は見捨てていなかった。

芝露月町にある上州屋辰五郎のもとから使いがやってきた。

痘痕面の兇状持ちをみつけた、との朗報《ろうほう》である。

が、辰五郎は源蔵と直《じか》に遭ったわけではない。

知りあいの口入屋から入手した情報だった。

痘痕面の男は源助と名乗ったらしいが、人相風体から推《お》すと、荒船の源蔵によく似ていた。いっときは矢田藩の中間部屋に潜りこんだものの、居心地がわるくなって別の口を探しにきたのだという。

ちょうど、沼田藩の殿さまが参勤交代の国入りで、大勢の挟箱持ちを探していると教えてやった。

大名行列の随伴は報酬が良いので、渡り中間には人気がある。

源蔵とおぼしき男は乗り気になったが、本庄《ほんじょう》までしか行けないと応じたらしい。

口入屋はそれを聞き、いっそう疑いを深めた。

本庄宿の向こうに流れる神流川《かんながわ》を越えれば、そのさきは上野国《こうずけのくに》である。上野国から逃れてきた源蔵ならば、戻りたかろうはずはない。

辰五郎にも頼まれていたので、口入屋は兇状持ちを無下《むげ》に拒まず、どうにかして引きとめ、罠に塡めてやろうと考えた。

何処《いずこ》の藩もおなじだが、経費《ついえ》がかさむのを避けるため、行列が先へすすむにしたがって渡り中間は減らされることになっている。したがって、本庄までで構わないと、口入屋は太鼓判《たいこばん》を押してやった。

すると、源蔵はたいそう喜び、出立《しゅったつ》の日時と集まる場所を聞いてきた。

ただし、住まいは定まっていないと告げて去ったので、出立の当日でなければ源蔵と出会うことはできないとのことだった。

辰五郎のはなしを信じ、一か八かの勝負に賭けるしかなかった。

あとは、出立の前後を狙うか、行列の途中を狙うか、宿場で寝込みを襲うか、思案しなければならない。

そうしたなか、出立前日の夕方、雪乃は半四郎に誘われ、永代寺の庭園まで足を延ばした。

梯子大名に出くわして以来のことだ。

あれから、半月が経っている。

霧雨《きりさめ》が髪を濡らしても、雪乃は傘も差さずにやってきた。

半四郎に誘われたのが嬉しく、濡れることも厭《いと》わなかった。

築山の裾をみやれば、緋牡丹が鮮烈に咲きほころんでいた。

こんなふうに牡丹を愛でることなど、何年ぶりのことだろう。

もしかしたら、生まれて初めての経験かもしれない。

半四郎は何か言いたそうにしつつも、言いだせずにもじもじしていた。

それと察しても、雪乃は聞こうとしなかった。

いつもなら、とことん問いただしてやるのに、今日ばかりは聞いてはいけないような気がしたのだ。

半四郎は「牡蠣《かき》でも食おう」と言い、門前仲町《もんぜんなかちょう》の料理茶屋へ雪乃を誘った。

あらかじめ、声を掛けてあったらしい。

坪庭に面した一画に、小部屋がとってあった。

雪見障子《ゆきみしょうじ》越しに、よく手入れのされた庭木がみえる。

ここにも、緋牡丹が咲いていた。

雨に濡れた花弁が、どことなく悲しげにおもえた。

沈黙を恐れるかのように、雪乃はいつにもまして饒舌《じょうぜつ》だった。

半月前、連絡役の石橋主水に呼ばれて永代寺の境内へおもむいたところ、鷹司松平家の殿さまを助ける羽目《はめ》になったこと。そこで形見の簪を落としたことがきっかけで所在を捜しあてられ、矢田藩の上屋敷へ招かれて殿さまと対面したこと。捜していた兇状持ちが矢田藩に潜伏しているとの情報を得ていたので、渡りに船とおもい、別式女となって藩内に潜入したこと。

けれども、いまだに兇状持ちはみつからず、殿さまの膝元で悪事をはたらいていた祐筆と悪党一味を捕まえてやったことなど、それらを順序立てて語りつづけた。

半四郎は牡蠣をつるつる食いながら、黙って最後まで聞いていた。

はなしは上の空で、やはり、何事かを言いあぐねている様子だった。

雪乃は半四郎のはなしを聞くまいと、ひとりで喋りつづけていたのかもしれない。

気づいてみれば、大皿のうえには牡蠣の殻が山積みになっていた。

膨れた腹をさする半四郎に向きなおり、雪乃は意味ありげに微笑んだ。

「ひとつ、難題をお出ししましょう」

「難題」

「荒船の源蔵は沼田藩に雇われ、挟箱持ちとなって大名行列に加わります。さて、行列の途上を狙い、源蔵を生け捕りにする方策やいかに」

「ふうむ、たしかに難題だな。しかし、雪乃どののことだ。すでに、方策は立てておられるのであろう」

「ええ、もちろん」

「答えは」

「教えられるものですか」

「え、どうして」

「口に出せば、運《つき》が逃げてしまうから」

「おいおい、まことに教えぬと仰る」

「まことですよ」

「それでは、蛇《へび》の生殺しではないか」

半四郎は吐きすてた途端、腹を押さえて苦しみだす。

「どうなされましたか」

「牡蠣のようだ。調子に乗って食いすぎた……う、く、苦しい」

半四郎は額に膏汗《あぶらあせ》を滲ませ、雪乃を困らせた。

九

卯月十日、いまだ明け初《そ》めぬ七つ刻（午前四時）、沼田藩三万五千石土岐美濃守の行列は愛宕《あたご》山《やま》西の上屋敷を発《た》ち、霊南坂《れいなんざか》を登って虎ノ門《とらのもん》へ向かった。

長蛇の行列は芝口橋《しばぐちばし》から東海道《とうかいどう》に出て、日本橋まで練りあるく。

「下にい、下に」

糸鬢奴の掲げる毛槍を先頭に立て、総勢数百からなる行列が威風堂々と、大路を我が物顔にすすんでゆく。

明け六つ（午前六時）の鐘が鳴るころ、行列は日本橋にたどりついた。

物見高い連中が集まってくる。見物人たちは藩主の乗る網代駕籠《あじろかご》を探しあて、小大名のくせに見栄を張っているだの、たいして金が掛かっておらぬだのと口々に噂しあい、行列が目の前を通過するときだけは地べたに両膝をつき、へへえとお辞儀をしてみせた。

これより、沼田藩主従は日本橋を渡り、神田川《かんだがわ》をも越え、中山道《なかせんどう》と日光街道を分かつ駒込《こまごめ》の追分《おいわけ》まで、ゆったりと北上していく。そのさきは中山道一ノ宿の板《いた》橋《ばし》をめざして、ひたすら北上をつづけるのだ。

雪乃は行列に先んじるべく、加賀藩邸の長大な海鼠塀を右手に眺めながら、塀の途切れたさきの追分をめざした。

日光街道とふた股になる追分で大名行列を分断し、荒船の源蔵を生け捕りにしなければならない。

いろいろ思案をめぐらせ、行列の途上で不意討ちを食らわせるのが最良の策と判断したのだ。行列のなかにある者は勝手な行動を許されない。列を乱した者は手討ちにされてもおかしくはなかった。

すなわち、源蔵は囚われの身も同然で、そこが狙い目だった。

近づくことさえできれば、それでよい。すれちがいざま、臑《すね》を斬り、行列からの離脱を余儀なくさせてやれば、容易に捕らえられよう。

難しいのは、どうやって源蔵に近づくかだ。

近づくためには行列を分断し、沿道の向こうへ駆けぬけねばならない。

大名行列を横切った者は、その場で斬首されても文句は言えなかった。

ただし、ひとつだけ例外がある。

取りあげ婆《ばば》だ。妊婦《はらみおんな》のもとへ急ぐ取りあげ婆だけは、大名行列を横切ることが許された。

雪乃は顔に皺を描き、腰の曲がった年寄りに変装していた。

岩田帯《いわたおび》を襷《たすき》代わりにしても、取りあげ婆であることをしめす証拠はない。大声で「産まれる、産まれる」と叫びながら、行列の横腹に突っこむしかなかった。

無論、突っこむだけではない。途中で源蔵に近づき、誰にも気づかれずに臑を斬ろうというのだ。

大胆と言えばあまりに大胆、無謀ともおもえる策であった。

しかし、雪乃にはやり遂げる自信がある。

すでに、源蔵の居場所はつかんでいた。

挟箱持ちのひとりとして、行列の後方にある。

取りあげ婆に化けた雪乃は、追分にたどりついた。

ふた股の手前には、大きな榎《えのき》が植えてある。

一刻もしないうちに、行列は到着するだろう。

沿道の左右には、見物人たちが集まってきた。

駒込の追分を選んだ理由は、大名屋敷の海鼠塀が左右に迫っているからだ。逃げ道となる隘路《あいろ》や寺社が周囲にない。手負いの源蔵が逃れるとすれば、右手斜め前方の日光街道しかあり得なかった。

追跡は容易だと、雪乃は高をくっていた。

蒼穹《そうきゅう》に雲は見当たらず、日だまりに佇むと汗ばんでくる。

雪乃はふた股の手前まで歩みより、榎の木陰で涼をとった。

誰ひとり、気に留める者とていない。

「下にい、下に」

やがて、遠くのほうから、供人の声が朗々と響いてきた。

冷静になれと、雪乃はみずからを戒《いまし》める。

心ノ臓が早鐘《はやがね》を打ちはじめた。

十

殿さまの網代駕籠をやり過ごすころには、気持ちも落ちついてきた。

いつもそうだが、勝負の瀬戸際に立たされると腹が据わる。

雪乃に迷いはない。

形見の簪を握りしめた。

お守り代わりだ。

いつもなら髷に挿すところだが、髷を白黒まだらに染めているので、それもできない。

懐中には簪だけでなく、剝き身の刃も忍ばせてあった。

長さは五寸に満たないが、臑の筋を断つことはできよう。

埃まみれの行列は、粛々《しゅくしゅく》とすすんでいった。

挟箱持ちの一団が縦横一定の間合いを保ち、のんびりとやってくる。

前後に供人たちは控えているものの、腰の大小は柄袋《つかぶくろ》に包まれていた。

いざというとき、役には立つまい。

雪乃は、少し舐《な》めてかかっていた。

一団は沿道の見物人には目もくれず、正面だけをみつめている。

折助たちは背格好も同じなら、顔つきも似ており、瞬《まばた》きひとつしないところは人形のようだった。

源蔵も、そのなかにいる。

ちょっと見では、痘痕面かどうかわからない。
注意してみれば、雪乃にはわかる。
顔の一部にどうらんを塗り、痘痕を隠しているのだ。
肌の色があきらかにちがう。人相書きで確かめる必要もない。
見物人は横一列になって正座し、両手を地べたについている。
網代駕籠が通過したあとは、消えてゆく者が増えていった。
雪乃の目には、中山道と日光街道のふた股がみえている。
源蔵を斬ったら、ふた股の右手へ一気に駆けこめばよい。
いよいよ、そのときがやってきた。
揃いの紺看板《こんかんばん》を纏った挟箱持ちのなかに、源蔵とおぼしき折助のすがたもある。
雪乃は鼻から、すっと息を吸いこんだ。
「まいる」
平伏した状態から、前屈みに立ちあがる。
腰を曲げた恰好で、すたすた歩きだした。
「あっ、婆さん」

「行っちゃならねえ、危ねえぞ」

周囲の見物人たちが、驚きの声をあげた。

行列のほうでも異変に気づき、供人や奴《やっこ》が一斉に振りむく。

雪乃は歩を止めず、両手を天に突きあげた。

「産まれる、産まれる」

列の前後から、供人数人が駆けつけてきた。

「狼藉者《ろうぜきもの》、控えよ。ええい、控えよ」

雪乃はなおも止まらず、必死の形相で叫びつづける。

「取りあげ婆にござります。お通しくだされ、お通しくだされ」

台詞を聞きとった奴たちは足を止め、雪乃のすすむ道をつくる。

というよりも、身を竦《すく》ませているのだ。

源蔵との間合いが縮まった。

「うひゃっ」

雪乃はわざと大袈裟に転び、源蔵のほうへ身を寄せた。

「莫迦たれ、こっちに来るな」

源蔵は悪態を吐き、右脚で蹴りつけてくる。

お誂《あつら》え向きだ。
雪乃は袖を振った。
五寸の刃が一閃する。
つぎの瞬間、雪乃は起きあがり、何食わぬ顔で歩きだした。
と同時に、源蔵の臑がぱっくり開いた。
「うえっ……い、痛え」
源蔵は臑を抱え、その場にくずおれた。
「くそっ、婆だ、あの婆にやられた」
鮮血を散らしながらも、憎々しげに喚《わめ》いている。
雪乃は走りかけ、はたと足を止めた。
ない。
簪がない。
懐中をまさぐりながら、背後を振りむいた。
舐めるように地べたをみれば、血溜まりのそばに光るものが落ちている。
雪乃は、尋常ならざる素早さで取ってかえした。
「婆だ、あの婆を捕まえろ」

供人たちが、どっと押しよせてくる。
なかには、柄袋を剝ぎとる者もいる。
雪乃は転がりこみ、簪を拾いあげた。
起きあがったところで、片袖をつかまれた。
袖を引きちぎり、思惑と反対の方角に駆けだす。
もはや、なりふりかまってなどいられない。
鹿《しか》のような身のこなしで、追跡を逃れるしかなかった。
「あやつ、取りあげ婆ではないぞ」
「くせものじゃ。斬れ、斬りすてい」
行列の後方は、大混乱に陥った。
ぱらぱらと抜かれた刃が、白波のように襲いかかってくる。
雪乃は追っ手を振りきり、未練がましく振りかえった。
ちょうど、源蔵が列の外へ這いだすのがみえた。
予想どおり、日光街道のほうへ逃げてゆく。
あれだけの深手を負わせたのだ。
今から追えば、容易に捕まえられよう。

が、雪乃は供人に追いたてられていた。

獲物から、どんどん遠ざかってゆくのだ。

左右に迫る堅牢な海鼠塀が恨めしかった。

横道でもあれば、ひょいと逃げこめるのに。

逃げおおせる自信はあったが、三町も離れた菊坂台町《きくさかだいまち》の辺りまで駆けつづけねばならない。

雪乃は風のように駆けながら、臍《ほぞ》を咬《か》んだ。

簪のせいだ。

簪のせいで、また失敗《しくじ》った。

「待てい」

行列のしんがりで、太い声を発する供人がいる。

三十貫目はあろうかという巨漢が、三尺余りの戦場刀を掲げていた。

「ぬおおお」

白刃とともに、風圧が襲いかかってくる。

「はっ」

雪乃は、とんと地面を蹴った。

一閃を躱《かわ》し、そのまま巨漢の肩をも蹴りあげ、宙高く舞いあがる。
みている者はみな、息を呑んだ。
まるで、揚羽蝶《あげはちょう》のようでもある。
雪乃はひらりと地に舞いおり、追っ手を楽々と振りきった。
菊坂台町の露地裏へ逃げこみ、暗がりで息を整える。
あらかじめ用意しておいた町娘の装束《しょうぞく》に着替え、髪も素早く黒髪に戻して結いなおす。
そして、何食わぬ顔で、今来た道を戻りはじめた。
供人たちが、遅ればせながら駆けつけてきた。
しかし、雪乃には目もくれない。
源蔵を捜さねば。
その一念で、追分まで戻ってきた。
行列の最後尾は通りすぎ、追跡にあたった供人たちも帰ってくる。
喧噪の去った大路のまんなかに、生々しい血溜まりが残されていた。
血痕《けっこん》が点々と、日光街道のほうへ繋がっている。
雪乃は、必死にたどろうとした。

が、どうしたわけか、血痕はすぐに途切れてしまった。

さては傷口を縛り、血止めをしたのか。

日光街道を睨んでも、それらしき人影があるはずもなかった。

「逃がしたな」

雪乃は、がっくり肩を落とした。

口惜しさで泣きたくなってくる。

そのとき。

榎の木陰から、自分の名を呼ぶ声が聞こえてきた。

「おうい、雪乃どの、こっちこっち」

手を振っているのは、六尺豊かな黒羽織の男だ。

「半四郎さま」

まちがいない。

雪乃は駆けだした。

半四郎は木陰から、三尺縄を掛けた罪人を引きずりだす。

「あ」

雪乃は足を止めた。

半四郎は白い歯をみせる。

「兇状持ちってのは、こいつのことかい」

源蔵が蒼褪《あおざ》めた顔で、項垂《うなだ》れている。

半四郎に二、三発撲《なぐ》られ、観念したのだ。

「どうしてここに」

雪乃は充血した眸子を向ける。

半四郎は頭を掻いた。

「なぞかけの答えが、どうしても知りたかった。それで、背中を追いかけた。声を掛けようとおもったが、取りあげ婆には掛けにくくてな、へへ、怒ったかい」

どうして、怒ることがあろう。

「半四郎さま」

雪乃は声を詰まらせた。

「何も言うない。おれとおめえの仲じゃねえか。これで貸しがひとつできたぜ」

半四郎は源蔵の頭をぽかっと叩く。

雪乃は形見の簪を握りしめた。

やはり、お守りの効力は消えていなかった。

それを教えてやろうと、頼り甲斐のある十手持ちの顔をみつめた。

だが、半四郎はなぜか、悲しい眼差しをしてみせる。

どうして、そんな目で見返すのか。

雪乃には理由がわからなかった。

十一

卯の花腐《くだ》しの雨が、しとしと降っている。

梅雨を迎えるこの時季の雨はどことなく香気をふくみ、軒下からいつまで眺めていても飽きない。

泣くつもりもないのに、涙がぽろぽろ零《こぼ》れてくる。

半四郎がお嫁さんを迎えるという噂を耳にしたのだ。

相手は幼なじみで、気だての良い娘らしい。

祝ってあげようとおもっても、素直になれない。

自分から縁が結ばれることを拒んでおきながら、いざとなると、心にぽっかり穴があいたように感じられてならないのだ。

門前仲町の料理茶屋に誘われたとき、もっと熱心に耳をかたむけるべきだった。
あのとき、半四郎は何を伝えたかったのだろう。
すでに、気持ちは固まっていたのだろうか。
それとも、最後に、こちらの気持ちを確かめたかったのか。
今となっては、何をどう憶測しても詮無《せんな》いはなしだ。
雪乃は指で涙を拭きとり、家の木戸を開けた。
新たな役目に就き、家に戻るのは三日ぶりだ。
ずいぶん長いあいだ、帰っていないような気もする。
玄関にはいり、廊下にあがった。
父の兵庫はいるはずだが、気配がない。
不吉な予感にとらわれつつ、廊下を駆けた。
奥の仏間に飛びこむと、兵庫が仏壇に俯《うつぶ》している。
「父上、父上」
雪乃は必死に叫び、駆けよった。
背中に触れた途端、兵庫はむっくり半身を起こす。
「どうやら、眠ってしまったらしい」

惚けたことを洩らすと、ふわっと大欠伸《おおあくび》をする。

雪乃は畳にへたりこみ、肩の力を抜いた。

「雪乃、帰っておったのか」

「はい、たった今」

「今、何刻《なんどき》であろうな」

「もうすぐ、正午にござります」

「どうりで、腹が減ったわい」

「何かつくりましょう」

「そのまえに、伝えておかねばならぬことがある」

兵庫は座りなおり、居ずまいを正した。

「父上、あらたまって何でござりましょう」

「ふむ、心してようく聞くがよい」

「はい」

「じつはな、昨日、ご使者がまいられた」

「ご使者」

「さる大名家の御家臣でな、有《あ》り体《てい》に申せば、そなたをお殿さまの側室に迎えたいとのことであった」

「え」

頭が真っ白になる。

兵庫は淡々とつづけた。

「察しはついておろう。お殿さまは上野矢田藩一万石、松平弾正大弼さまのことじゃ」

雪乃は黙りこみ、うんともすんとも応じない。

「いかがした。驚いて声も出せぬか。さもあろう。かようなはなし、信じろというほうがおかしい。わしとて耳を疑った。仏壇に向かい、亡き妻に何度も同じ問いかけをしつづけたわ」

「御使者は山田孫兵衛どのですね」

「さよう」

「して、父上は何と」

「娘に伝える。ひとこと、そう申した。ゆえに、こうして伝えておる」

「父上のお気持ちはどうなのです」

「わしにはわからぬ。父親として、どう応じればよいのやら。ただな、おぬしにとってそれが幸せなのかどうか、そればかりを考えておる」
楢林家がどうなろうと構わないと、兵庫は言う。
父の真心が伝わり、雪乃は感極まってしまった。
兵庫は静かに立ちあがり、廊下から庭を眺めた。
「みよ、そなたが留守にしておる間に、牡丹が散ってしもうたわい」
雪乃は目頭を押さえ、腰を浮かせると、父の肩越しに庭の一画をみつめた。
庭石のうえに、緋牡丹の花弁が散っている。
「散って、また咲くのであろう。牡丹もな、散らねば咲くことはできぬのよ」
父のことばが胸に沁みる。
雪乃は髷に挿した形見の簪に手をやった。
母が父の口を借りて、語りかけてきたような気もする。
もはや、涙は出てこない。
雪乃は意志の籠もった瞳で、父の背中をみつめた。

※本書は2008年4月に小社より刊行された作品に
加筆修正を加えた「新装版」です。

双葉文庫

さ-26-40

照《て》れ降《ふ》れ長屋風聞帖《ながやふうぶんちよう》【十】

散《ち》り牡丹《ぼたん》〈新装版《しんそうばん》〉

2020年12月13日　第1刷発行

【著者】

坂岡真《さかおかしん》

【発行者】

箕浦克史

【発行所】

株式会社双葉社

〒162-8540 東京都新宿区東五軒町3番28号

［電話］03-5261-4818(営業)　03-5261-4833(編集)

www.futabasha.co.jp(双葉社の書籍・コミックが買えます)

【印刷所】

中央精版印刷株式会社

【製本所】

中央精版印刷株式会社

【フォーマット・デザイン】

日下潤一

ISBN978-4-575-67033-2 C0193

Printed in Japan

坂岡真

帳尻屋始末

抜かずの又四郎

長編時代小説〈書き下ろし〉

訳あって脱藩し、江戸に出てきた琴引又四郎は闇に巣くう悪に引導を渡す、帳尻屋と呼ばれる人間たちと関わることになる。期待の第一弾。

坂岡真

帳尻屋始末

つぐみの佐平次

長編時代小説〈書き下ろし〉

「帳尻屋」の一味である口入屋の蛙屋忠兵衛と懇意になった琴引又四郎は、越後から女房を捜しにやってきた百姓吾助と出会う。好評第二弾。

坂岡真

帳尻屋始末

相抜《あいぬ》け左近

長編時代小説〈書き下ろし〉

善悪の帳尻を合わせる「帳尻屋」には奉行所が絡んでいる!? 蛙屋忠兵衛を手伝ううち、又四郎は〈殺生石〉こと柳左近の過去を知ることに。

坂岡真

帳尻屋仕置【一】

土風《つちかぜ》

長編時代小説〈書き下ろし〉

凶事の風が荒ぶとき、闇の仕置が訪れる——。蔓延る悪に引導を渡す、熱き血を持つ男たちの姿を描く痛快無比の新シリーズ、ここに参上!

坂岡真

帳尻屋仕置【二】

婆威《ばばおど》し

長編時代小説〈書き下ろし〉

小舟に並んだ若い男と後家貸しの女の屍骸。ただの相対死にとは思えぬ妙な取り合わせに不審を抱いた蛙屋忠兵衛は——。注目の第二弾!

坂岡真

帳尻屋仕置【三】

鈍刀《どんとう》

長編時代小説〈書き下ろし〉

両国広小路で荒岩三十郎という浪人と知りあった忠兵衛は、荒岩の確かな腕と人柄を見込み、帳尻屋の仲間に加えようとするが——。

坂岡真

帳尻屋仕置【四】

落雲雀《おちひばり》

長編時代小説〈書き下ろし〉

帳尻屋の仲間として、忠兵衛たちとともに数々の修羅場を潜ってきた不傳流の若武者琴引又四郎に、思わぬ決断のときが訪れる。

坂岡真　帳尻屋仕置【五】
凶賊
長編時代小説〈書き下ろし〉

両替商が押しこみに遭い一家惨殺という事件が起きた。賊の龍神一味を捜すよう命じられた忠兵衛は訪れた先で島帰りらしき男を見掛ける。

坂岡真　帳尻屋仕置【六】
吠《ほ》え面《づら》
長編時代小説〈書き下ろし〉

帳尻屋の仲間のおくうに縁談が持ちあがった。戸惑いつつも、おくうの幸せを願う忠兵衛だが直後に相手の男、三太郎が奇禍に遭い——。

坂岡真　帳尻屋仕置【七】
激突
長編時代小説〈書き下ろし〉

江戸市中が飢饉の影響で混迷を極めるなか、帳尻屋を襲う未曾有の大嵐。最凶の敵を相手にした空前絶後の闘い。結末はいかに——!?

坂岡真　照れ降れ長屋風聞帖【一】
大江戸人情小太刀
長編時代小説

長屋で仲人稼業のおまつの尻に敷かれる浅間三左衛門。しかしこの男、滅法強い！　江戸の粋と人生の機微が詰まった名作、待望の新装版。

坂岡真　照れ降れ長屋風聞帖【二】
残情十日の菊
長編時代小説

居合の達人と洗濯女の仲を取り持った浅間三左衛門。だが契りを結んだ後、男は姿を消した。行方を追う三左衛門は男の苛烈な運命を知る。

坂岡真　照れ降れ長屋風聞帖【三】
遠雷雨燕《えんらいあまつばめ》
長編時代小説

狙いは天下の越後屋——凶賊雨燕が再び蠢き出す。一方の越後屋にも言うに言えぬ秘密があった。三左衛門の人情小太刀が江戸の悪を撃つ！

坂岡真　照れ降れ長屋風聞帖【四】
富の突留札《つきどめふだ》
長編時代小説

突留百五十両を当てたおまつら女四人が賊に襲われた。庶民のささやかな夢を踏みにじる卑劣なカラクリを三左衛門の人情小太刀が斬る!!